KB164366

고양이에게 GPS를 달아 보았다

Original Japanese title : NEKO NI GPS WO TSUKETEMITA
Copyright © 2018 Nora Takahashi
Original Japanese edition published by Raichosha co., Ltd.
Korean translation rights arranged with Raichosha co., Ltd.
through The English Agency (Japan) Ltd. and Danny Hong Agency.
Korean translation rights © 2020 by Turning Point

이 책의 한국어판 저작권은 대니홍 에이전시를 통한 저작권사와의 독점 계약으로 ㈜터닝포인트아카데미에 있습니다. 저작권법에 의해 한국 내에서 보호를 받는 저작물이므로 무단전재와 복제를 금합니다.

고양이에게 GPS를 달아 보았다

한밤중의 숲, 반경 2킬로미터의 대모험

다카하시 노라 지음
양수현 옮김

haru

프롤로그

아침에는 고양이와 함께 산책을 하고, 밤에는 GPS 데이터 기록을 보며 고양이에 대해 미처 몰랐던 것들을 깨닫는다. 이런 일이 가능한 까닭은 내가 사는 오이타현 구니사키반도의 넓은 땅과 높은 산들 덕분이다. 귀중한 체험을 할 수 있음에 한없는 감사함을 느낀다. 도쿄에서 이곳으로 이사 온 뒤부터 시작된 고양이와의 생활은 그야말로 놀라움의 연속. 덕분에 몇십 년 동안 '고양이'에 대해 가지고 있던 인식이 완전히 바뀌었다.

여섯 마리의 고양이들과 함께 산책을 즐기는 하루하루.
산책 시간이 되면 녀석들은 눈을 반짝이며 나를 찾아온다.
고양이가 이렇게 산책을 좋아하는 동물일 줄은 상상도 못했다.

평범한 시골이었다면 이런 생활이 불가능했을 것이다.
나는 한때 귤 농사를 지었던 산속에서 살고 있다. 마을에서 약 2킬로미터 떨어진 곳이라 주변에 사람도, 차도 거의 다니지 않는다. 고양이들과 함께 산책을 할 수 있는 건 이런 환경 덕분이다. 지금도 녀석들은 나와 함께 걷는다. 1킬로미터고 2킬로미터고 하염없이, 풀 냄새도 맡고 나무도 오르내리며, 결코 서두르지도 않고 멀어지지도 않고.

고양이가 혼자 나갔다 길을 잃을까 걱정돼 이런저런 방법도 시도해 보았다.
식사 시간에는 음악을 들려주고, 산책 시간에는 경적을 울렸다. 그렇게 했더니 고양이들은 음악이나 경적 소리가 들릴 때

면 집으로 돌아왔다. 조용한 산속이기에 가능한 우리만의 신호다.

그러던 어느 날, 문득 고양이들의 행동반경이 궁금해져 GPS를 달아 보았다. 그 결과 녀석들이 매일 밤 4킬로미터씩 네 시간이나 돌아다닌다는 사실을 알게 되었다. 그뿐만이 아니다. 집이 어느 방향에 있는지 알고, 나갈 때와 돌아올 때 각각 다른 길로 오고 간다. 심지어 지름길로 다니기도 한다. 그리고 늘 아침 식사 시간에 맞춰 귀가한다.
노래를 기억하는 절대 음감, 정확한 방향 감각, 시간 감각.
항상 잠만 자는 약한 존재인 줄만 알았던 고양이는, 이렇게나 유능하고 용감하다.

나는 정말 고양이의 주인일까? 어쩌면 그저 동거인일지도 모른다.
전에는 미처 몰랐던 자유로운 고양이들의 삶. 지금부터 여러분에게 소개하고자 한다.

이 책에 등장하는 고양이들

우리 가족이 된 여섯 고양이

삼곡대기 공원에서 주운 사 남매

시마 형(수컷)

꼼짝 않고 앉아 있을 때의 모습이 마치 바위 같다. 잘 먹고, 잘 자고, 통통한 장남. 자기가 강한 줄 알지만 사실은 연전연패를 당하고 있다.

히데지(수컷)

체중 6킬로그램, 강함과 상냥함을 겸비한 근육맨. 무서운 얼굴과 다르게 남매들 중 가장 다정한 성격. 배우 오타키 히데지의 이름을 따왔다.

치(암컷)

기가 센 어리광쟁이. 말이 많고, 늘 불평하거나 응석을 부리며 시끄럽게 군다. 처음 보는 사람 무릎 위에서도 잠을 잘 정도로 낯가림이 없는 마을 최고의 미인.

푸(암컷)

낯을 가리고 곧잘 우물쭈물 망설인다. 소심한 여자아이. 혼자 있는 것을 좋아하고, 집에 있기보다 주로 밖을 돌아다닌다.

산에서 태어나고 자란 들고양이들

에리카(암컷, 성묘)

아이들이 식사를 마치기 전에는 음식에 입도 대지 않는다. 강인한 엄마 고양이. 초록 눈의 미인이지만 사람에게 마음을 열지 않는다.

쿠로(암컷, 성묘)

에리카 모자와 사람 사이에서 다리 역할을 해 주는 여자 스너프킨. 산과 산을 누비는 여행자다. 나무 사이로 부는 바람처럼 자유로운 아가씨.

쿠츠시타(수컷, 에리카의 아들)

양말을 신은 것 같은 흰 발끝을 보고 '쿠츠시타(양말이란 뜻의 일본어)'라 이름 붙였다. 깜짝깜짝 잘 놀라는 겁쟁이. 싸울 때도 모기만 한 소리로 운다. 시마시마와 늘 함께 잔다.

시마시마(암컷, 에리카의 딸)

시마시마(줄무늬란 뜻의 일본어)는 가족 중 가장 덩치가 작다. 몸이 가벼운 덕에 나무를 잘 타고, 작은 새와 도마뱀 사냥이 특기다. 촐랑촐랑 천진난만한 소녀.

시골 고양이들의 하루

GPS를 달고 떠나는 밤의 모험!
am5:00 아침 식사 집합
신호는
'멍멍이 경찰 아저씨'
밥 먹었으니
사냥 가자!
빰빰~ 자전거
경적 소리가
집합 신호!
am7:00 다 같이 한 시간 동안 산책

am8:00 ~ 밭일을 지켜보고, 느긋하게 낮잠

밥 먹고
사냥 가자!

pm5:00 저녁 식사 집합

멍멍이 경찰 아저씨~ ♪

pm10:00 아침까지 쿨쿨 자는 줄 알았는데…

am2:00~
한밤중의 대모험, 출발 !

GPS 기록을 살펴보니……?

차례

제2장 매일 고양이와 산책을

제3장 고양이에게 GPS를 달아 보았다

제 1 장

여섯 마리 고양이와 만나다

들고양이와의 만남

오이타현의 구니사키반도. 세토내해에 접한 온화하고 조용한 땅.
아내의 가족이 사는 곳이자 도쿄 토박이인 내가 고향처럼 여기는 곳이다. 우리는 이곳으로 이사를 했다. 전부터 나이를 먹으면 구니사키에 와 살 생각이었다. 그런데 마침 도쿄를 떠나도 일을 계속할 수 있는 상황이 되었기에 예정을 앞당겼다.

이사할 장소는 예전에 귤 밭이었던 작은 산(해발 100미터)의 꼭대기. 인구 감소가 심각한 지역이라 이웃이라고는 300미터 떨어진 곳에 한 집밖에 없다. 약 2킬로미터를 가야 마을이 나온다. 중심가까지는 차를 타면 10분 만에 도착할 수 있는 터라 크게 불편하지는 않다. 도쿄에서는 우리 집과 옆집이 고작

50센티밖에 떨어져 있지 않던 걸 생각하면 참 신기한 노릇이다. 그때는 눈길 닿는 곳마다 인가가 빼곡했다.
우리 집이 서 있는 산은 호수만 한 저수지와 전망 공원을 품고 있다. 언제 가도 전세 낸 것처럼 혼자 즐길 수 있는 공원. 그곳에서 내려다보면 세토내해를 둘러싼 시코쿠와 혼슈 일대의 파노라마가 펼쳐진다.
끝없이 펼쳐진 녹색 풍경. 이 얼마나 아름답고 평온한 곳인가. 그런데 문제가 생겼다. 한 달이 지나자 슬슬 적적해지기 시작한 것이다.

그때였다. 6월의 어느 날 아침, 집 마당으로 들고양이 가족이 찾아왔다.

맨 처음 보인 건 검은 고양이. 작은 새끼 고양이도 그 옆을 따라 걷고 있다.
다음 날, 마당 한구석에 소시지를 살짝 놓아 보았다. 그랬더니 슬금슬금 다가와 눈 깜짝할 사이에 먹어 치운다. 보아하니 모두 네 마리인 듯하다.
저녁이 되자 고양이들이 다시 찾아왔다. 이번에도 먹을 것을 나눠 주었다. 그랬더니 오늘 아침에는 날이 밝기도 전에 미리 와 앉아 있는 게 아닌가.
녀석들은 문 앞까지 오지 않고 7미터 떨어진 마당 구석에 있다. 궁금증이 일어 쌍안경을 들고 창가로 가 슬그머니 관찰을 시작했다.

줄무늬 엄마 고양이와 새끼 고양이 두 마리가 보인다. 둘 중 하나는 엄마를 꼭 닮은 줄무늬고, 다른 한 마리는 발끝이 하얗다. 생후 2개월 정도 됐을까? 몸집이 엇비슷한 걸 보니 한날한시에 태어난 쌍둥이인 것 같다.
매끄럽고 새까만 털이 온몸을 덮은 아가씨 고양이도 보인다. 이 모자와는 어떤 사이일까? 어쩌면 먼 친척일지도 모른다.
참, 한 가지 짚고 넘어가자. 엄마라든지 아가씨라고 부르는 건 암컷이라는 확신이 있어서다. 고양이를 키운 역사가 길다 보

니 성묘의 성별은 대충 구별이 간다. 수컷 고양이는 암컷보다 몸집이 크다. 목덜미도 더 실팍하고 두텁다.

먹을 것을 챙겨 나갔더니 역시나 후다닥 도망간다. 하지만 내가 돌아서자마자 다시 모여들더니, 허겁지겁 굶주린 배를 채운다. 그런 뒤 양지바른 마당의 풀숲 그늘에서 다 같이 낮잠을 즐긴다.
몸을 둥글게 말고 잠을 청하는 새끼 고양이들의 모습이 꼭 경단 같다.

도쿄에 살던 시절 고양이 자매를 키웠었다. 두 아이를 하늘로 떠나보내고 마음이 너무 아파서 다시는 고양이를 키우지 않겠다고 맹세한 바 있다. 그런데 큰일이다. 새끼 고양이의 사랑스러움에 이성이 마비될 것만 같다.
결국 마트로 달려가 카리카리(고양이용 드라이푸드-옮긴이 주)를 사 왔다.

그 후 나는 고양이들에게 이름을 붙여 주었다. 성별도 확실해졌다.
미인이지만 쌀쌀맞은 줄무늬 엄마 고양이는 '에리카'.
새끼들 중 오빠 쪽은 흰 양말을 신고 있으니 '쿠츠시타'.
엄마를 닮은 줄무늬 여동생은 '시마시마'.
까만 아가씨 고양이는 '쿠로'.

실은 집 안으로 들여 키우고 싶었다. 하지만 일단 밖에서 먹이부터 주기로 했다. 내게 익숙해질 시간을 주기로 한 것이다.

쿠로와 걷다

고양이들을 만난 지 몇 주가 지났다. 어느 날 아침, 산책을 하려는데 쿠로가 툇마루에 와 있었다. 이런 경우는 보통 밥그릇이 비었을 때다. 가족들을 대표해 재촉하러 온 것이다.
호리호리한 몸과 반듯한 얼굴에 영리해 보이는 쿠로.
쿠로는 나 같이 갓 이사 온 신참에게도 금방 마음을 열었다. 그 증거로 손바닥에 마른 멸치를 올려 주면 겁내지 않고 먹는다. 하지만 더 달라고 울거나 애교를 부리는 법은 없다.

쿠로는 자기 새끼도 아닌 쿠츠시타와 시마시마와 늘 함께 있다. 두 녀석의 얼굴을 핥으며 털 손질도 해 주고, 꼬리를 흔들어 놀아 주기도 한다. 하지만 먼저 나서서 놀자고 하지는 않는다. 그저 조용히 지켜볼 뿐이다. 어슬렁어슬렁 돌아다니며 마

을 사람들이나 여행자들에게 인사를 건네는 쿠로. 무민 골짜기의 스너프킨을 닮았다.

집에서 100미터 정도 가면 매형의 농장이 나온다. 고양이 가족은 그곳의 비닐하우스에서 살고 있다. 나는 매일 아침 물과 카리카리를 챙겨서 쿠로와 함께 언덕길을 걸어 내려간다.
구니사키반도 한가운데에 후타고산(해발 721미터)이 있고, 사방으로 뻗은 산줄기 중 하나에 우리 집이 자리한다. 삼나무 숲 너머로 펼쳐진 세토내해가 잘 보이는 위치다. 시코쿠 섬 그림자도 언뜻 비친다.

서일본에서 가장 높은 이시즈치산 위로 아침 해가 솟아오른다. 온 세상이 황홀한 주황빛으로 물드는 시간이다.
쿠로의 그림자가 삼나무 잎 쌓인 길에 길게 뻗는다. 나와 녀석이 내뱉는 숨이 숲 안개 속으로 흩어진다.

쿠로는 보통 종종걸음으로 따라와 나와 나란히 걷는다. "야옹!" 하고 외치며 있는 힘껏 앞질러 달려갈 때도 있다. 그런 날은 기운이 넘치는구나 싶어 신이 난다.
내 뒤를 따라 터벅터벅 걷기만 하는 날도 있다. 그럴 때면 '어, 왜 그러지? 어디 아픈가?' 하고 신경이 쓰인다.

도쿄에 살 때는 집 안에서 고양이를 키웠다. 여름은 시원하게, 겨울은 따듯하게 보내는 게 당연했고 크게 아프거나 다칠 일도 없었다. 잠을 자든 일어나 있든 늘 곁에 고양이가 있었다.
하지만 적당한 거리가 있는 것도 나름 좋다. 이렇게 쿠로와 걸을 때처럼 말이다.

마음 내킬 때 가고 싶은 곳에 가고, 메뚜기와 나비를 쫓고, 넓은 들과 빈집 지붕에서 데굴거리다 낮잠을 잔다. 나무에 올라가 하늘을 바라보고, 높은 가지에 앉은 새에게 달려든다.

그러다 배가 고파지면 밥을 먹으러 찾아온다.

하루에 두 번 만나
"별일 없었어?"
"응, 평소랑 똑같지 뭐."
하고 인사하는 사이.
쿠로가 밥을 다 먹으면 나란히 앉아 잠시 먼 바다나 아침놀에 물든 구름을 바라보는 사이.

도시에는 도시 고양이와의 삶이, 시골에는 시골 고양이와의 삶이 있는 법이다.

엄마는 강하고 아름답다

반경 2킬로미터 안에 사람이 사는 집은 단 두 채뿐인 산속. 고양이 가족은 왜 이런 곳에 자리를 잡았을까? 가까운 곳에 농장을 운영하는 매형의 설명에 따르면, 십수 년 전에 누군가가 버린 고양이의 자손인 듯하다.

매형이 들고양이를 대하는 자세는 그야말로 '자연 도태'다. 농장의 쥐를 잡아 주니 쫓아내지는 않지만, 적극적으로 간섭하거나 돌보지 않는다. 가끔 밥을 챙겨 주는 정도이다 보니 고양이들이 갑자기 늘어나는 일도 없다. 어쩌다 새끼가 태어나도 겨울을 넘기는 아이는 극히 적다고 한다.

올해 초봄, 에리카는 네 마리의 새끼를 낳았다고 한다. 그중

두 마리는 죽었고 살아남은 두 마리가 바로 '시마시마'와 '쿠츠시타'다.

내가 아침마다 밥을 주면 영양 상태가 좋아져, 다 돌볼 수 없을 만큼 고양이의 수가 늘어날지도 모른다. 조만간 에리카를 비롯한 고양이 가족에게 중성화 수술을 시켜 줄 생각이다.

우리 집 마당에 고양이들이 나타난 지 벌써 한 달째다. 새끼 고양이 두 마리는 경계심을 조금은 푼 듯하다.

하지만 젊은 엄마 에리카는 전혀 마음을 열지 않는다.

매일 아침저녁으로 얼굴을 보니 익숙해질 법도 하건만, 마주칠 때마다 늘 이빨을 드러낸 채 "하악!" 하고 소리를 낸다. 투명한 비취색 눈동자를 가진 미인은 그럴 때마다 무시무시한 얼굴이 된다.

에리카는 새끼들이 집 가까이 다가올라치면 급히 달려와 목 뒤를 물고는 구석진 곳으로 데리고 간다.

새끼 고양이라고는 해도 태어난 지 세 달이 지났다. 목을 물려 끌려갈 때면 엉덩이가 땅에 질질 끌린다. 새끼들이 싫다는 듯 팔다리를 버둥대는 모습에 절로 웃음이 나온다. 하지만 에리카의 얼굴은 몹시 진지하다. 그녀는 늘 이렇게 시마시마와 쿠츠시타를 지켜 온 것이리라. 잠시도 마음을 놓지 않고.

산에는 오소리, 너구리, 심지어 큰 멧돼지도 있다. 나무도 제대로 못 오르는 어린 고양이들은 손쉬운 표적이다. 그러니 어미 고양이가 한순간도 안심할 수 없다.
에리카는 새끼 고양이들이 식사를 마칠 때까지 먹지 않는다. 그릇을 따로 준비해 줘도 마찬가지다. 아이들이 배불리 먹기 전에는 입도 대지 않는다.

쿠로는 이제 나를 잘 따른다. 덕분에 쿠츠시타와 시마시마도 10미터 앞까지 오게 되었다. 하지만 에리카를 보고 있자면, 내가 둘을 만지게 되기까지는 아직 시간이 필요할 듯하다.

겨울 털갈이
-들고양이에서 밖에서 기르는 고양이로

9월 끝 무렵이 되면 갑자기 잠자리가 늘어난다. 흰 잠자리, 빨간 잠자리가 무리 지어 하늘을 뒤덮는다. 이때쯤 고양이들은 겨울 털갈이를 시작한다. 폭신폭신한 털을 몸에 두르고 하나같이 둥글어진다.
집고양이는 눈치 채기 어렵지만 들고양이는 다르다. 언뜻 보기만 해도 털이 많고 길이도 자라나 있다.

털만 자라는 게 아니다. 시마시마와 쿠츠시타는 우리 집 마당을 처음 찾아온 6월에 비해 몸도 한 둘레 더 커져 있다.
둘 다 마당에서 곧잘 놀지만, 아직은 내가 나가면 도망간다. 밥을 먹고 있을 때 슬쩍 다가가도 소용없다. 어떻게 알았는지 그릇에서 얼굴을 들고 하악질을 해댄다. 돌봐 주는 보람이 별로 없다고나 할까.

그래도 시마시마는 천진한 구석이 있다. 강아지풀을 살랑살랑 흔들면 넋을 잃고 덤벼든다. 그러다 손을 내밀면 퍼뜩 정신을 차리고 도망친다.

쿠츠시타는 억새 뒤에 숨어 강아지풀에 넋을 잃은 여동생을 걱정스레 바라보고 있다. 무슨 소리라도 나면 부리나케 도망치는 겁쟁이 오빠다.

둘의 성격은 정반대이지만 서로 쫓고 쫓기며 놀기도 하고, 싸우기도 하고, 그러다 지치면 포개어 낮잠을 자기도 한다. 사이가 좋은 모양이다. 에리카와 쿠로는 조금 떨어진 곳에서 둘의 모습을 지켜보고 있다.

이사 온 지 넉 달째. 근처에 다른 들고양이라곤 농장에 은거하는 할머니 고양이뿐이다. 이 넓은 산속에 고양이가 다섯 마리뿐. 이왕 사람에게 음식을 받아먹는 거, 우리 집에 들어와 함께 살면 안 될까? 그럼 겨울 털갈이를 하지 않고도 따뜻하고 편하게 지낼 수 있을 텐데.
그런 삶이 있는 줄은 꿈에도 모른 채, 시마시마는 들판 이 끝에서 저 끝까지 잠자리를 쫓아다닌다. 그저 창밖을 바라보는 고양이밖에 몰랐던 나의 눈에 시마시마는 생기발랄 그 자체였다.

네 마리의 고양이가 지내는 비닐하우스에는 철제 기구가 어지러이 놓여 있다. 어디에 몸을 뉘이고 자는지 짐작이 가지 않는다.
차가운 콘크리트 바닥에 골판지 상자를 쌓고, 낡은 담요를 둘둘 말아 채워 넣었다. 다음 날 아침 찾아가니 상자 안에서 고양이 남매가 얼굴을 빼꼼 내민다.

이제는 들고양이가 아니라, 집 밖에서 기르는 고양이다.

버려진 고양이를 줍다

들고양이 가족에게 저녁밥을 주고 한들한들 산 위로 향했다. 산꼭대기에는 공원이 있다. 전망대에 올라가 석양에 물든 후타고산을 바라볼 때였다. 어디선가 애절한 고양이의 울음소리가 들려오기 시작했다.
전망대에서 내려와 무성한 풀을 헤치며 걸어갔다. 언제부터 울었는지 잔뜩 쉰 울음소리를 따라가 보니 저 멀리 잿빛 새끼 고양이가 보인다.
작은 눈에 날카로운 생김새. 솔직히 말해 별로 귀엽지 않다. 고양이는 내 얼굴을 올려다보며 야옹, 야옹 하고 열심히 무언가를 말한다. 손을 내밀어도 도망가지 않는다. 품에 안아도 싫어하지 않는다. 남자아이일까, 여자아이일까?
그때였다. 뒤쪽 풀숲에서 꼭 닮은 잿빛 고양이 한 마리, 검은

고양이 한 마리, 그리고 또 다른 한 마리가 걸어 나온다.
무려 네 마리였다. 모두 똑같은 생김새. 네쌍둥이가 틀림없다.
마침 들고양이 가족에게 저녁으로 주고 남은 먹이가 있었다.
그것을 내밀자 와작와작 바쁘게 먹어 치운다. 쫄쫄 굶은 모양이다. 어제 공원에 왔을 때만 해도 없었는데, 오늘 버려진 걸까?
아무리 사람을 잘 따른다 해도 넷을 한 번에 안고 돌아가기는 버겁다.

내일 다시 와 보자. 그때도 아직 있으면 어떻게든 하자. 그렇게 마음먹고 돌아가려는데, 모두 내 뒤를 필사적으로 따라온다. 가을 땅거미가 내려앉은 언덕 내리막길에서 집까지 350미터.

결국 현관문 앞까지 따라왔다.

역시 어제까지 사람이 키우던 게 분명하다. 문을 열자 망설이지 않고 집 안으로 뛰어든다. 사람이나 집을 경계하는 기색이 없다. 목이 말랐는지 그릇에 담긴 물을 나란히 마시더니, 책상 아래에 깔린 무릎 담요 위에서 네 마리가 한데 엉켜 잠들었다.

집 안에 고양이가 있는 건 4년 만이다.
눈을 감고 있으니 첫인상과 달리 제법 귀엽기도 하다. 태어난 지 세 달쯤 됐을까? 계절은 겨울로 접어들고 있고, 하루가 다르게 추워져 간다. 데려오지 않았으면 추위와 굶주림에 떨며 죽었거나 멧돼지 먹이가 되었을 터.
하지만 나는 들고양이 가족에게 먹이를 주고 있다. 그들의 삶을 책임지기로 결심했다. 여기서 또 고양이 네 마리를 받아들이기엔 짐이 무겁다. 이 아이들 입장에서 생각해 봐도, 비좁은 우리 집보다 넓은 집에서 사는 편이 훨씬 더 행복할 것 같다.
다음 날 바로 사진을 찍어 입양 사이트에 글을 올렸다. 게시물 공고 기간은 한 달. 빠르면 며칠 안에 갈 곳이 정해진다.
어떤 사람이 데려갈까? 데려갈 사람이 있기는 할까?
걱정스러운 듯 아내와 이야기를 나누었다. 그러면서도 일부러 못나게 나온 사진만 골라 사이트에 올렸다.

한편 이런 사실을 꿈에도 모르는 고양이 사 남매는 밤낮없이 대운동회를 벌이고 있다. 마치 자기 집인 양 거침이 없다. 좁은 방 안을 누비며 달리는 통에 책상 위의 서류는 이미 너덜너덜하고 아끼던 컵과 꽃병, 화분, 장식물 모두 산산조각 난 지 오래다. 그러고도 부족해 이어폰 줄을 물어뜯고 새 커튼을 타

고 오른다.
어쩌면 나를 따라온 건 고양이가 아니라 조그만 파괴신들일지도 모른다. 혹시 이런 이유로 버려진 걸까? 고양이가 말썽을 피우는 건 고작 생후 반년까지인데.
새 커튼이 다 헤졌을 무렵, 입양 사이트에 올린 게시물 공고 기간이 끝났다. 단 한 사람도 연락을 주지 않았다. 어쩔 수 없다. 아무도 받아 주지 않으니 우리 집에서 키울 수밖에 없다. 솔직히 말하면 처음부터 보내고 싶지 않았다.
이렇게 나는 새끼 고양이들을 정식으로 받아들였다.

사 남매는 누가 위고 누가 아래인지 알 수 없었다. 그래서 내 나름으로 서열을 결정했다.
공원에서 울며불며 도움을 구하던 잿빛 줄무늬의 남자아이. 그 덕분에 모두가 살았다. 그러니 이 아이가 장남이다. 이름은 '시마 형'. 동생들이 싸우고 장난을 칠 때면 함께하지 않고 지켜보기만 한다. 타고난 성격인 걸까, 그냥 귀찮아서일까? 꼼짝 않고 앉아 있을 때의 모습은 꼭 바위 같다.

시마 형과 꼭 닮은 잿빛 줄무늬의 여자아이가 장녀. 쫄랑쫄랑 잘 달리는 모습을 보고 '치'라고 이름 붙였다. 치는 종일 쉬지 않고 종알거린다. 안으려고 하면 앞발을 휘두르며 싫어하지만, 때때로 내 무릎 위로 올라와 기분 좋게 골골 소리를 낸다. 그럴 때는 좀처럼 내려가질 않는 새침데기다.

다른 두 마리는 짙고 어두운 줄무늬다. 얼핏 보면 검은 고양이 같다. 가장 덩치 크고 험악하게 생긴 차남은 '히데지'. 새끼 고양이답지 않게 걸늙은 외모다. 그래서 관록 있는 배우 오타키 히데지의 이름을 따왔다. 아무도 히데지를 힘으로 이길 수 없다. 하지만 매일같이 다른 아이들의 털을 손질해 주는 다정한 차남이다.

치(장녀)
기가 세다

시마 형(장남)
곧 뚱뚱해지는데…

푸(차녀)
소심한 아이

히데지(차남)
상냥한 상남자

마지막으로 차녀 '푸'. 주웠을 때 가장 작았다. 혹여나 다른 아이들이 자기를 두고 갈까 봐 산 위에서 집까지 필사적으로 따라왔다. 혼자 조용히 있는 시간을 좋아하고, 어리광을 부리고 싶을 때도 그저 곁에 가만히 와 있는 내성적인 아이다.

집 마당에 네 마리, 집 안에 네 마리.
두 번 다시 동물을 키우지 않겠다고 생각했었다. 그런데 이곳에 온 지 반 년 만에 여덟 마리의 고양이에게 둘러싸였다.
이것 또한 인연이겠지. 왠지 기쁜 인연이다.
얘들아, 이제 우리 함께 사는 거야.

바깥 고양이들의 겨울나기

12월에 접어들면서 매일 아침 조금씩 기온이 낮아지고 있다. 꽃도, 풀도 시들고 그렇게 시끄럽게 울던 가을의 벌레들도 어느 샌가 울음을 그쳤다. 벌레만이 아니다. 겨울에는 새도 울지 않는다. 도쿄에 살았을 땐 미처 몰랐다.

구니사키반도는 규슈 북쪽에 위치해 있다. 때때로 눈이 쌓이기도 한다. 이곳 산에서 태어난 새끼 고양이들은 겨울을 넘기지 못하는 경우도 있다고 한다. 첫 겨울을 맞는 어린 쿠츠시타와 시마시마가 걱정이다.
고양이들이 지내는 비닐하우스는 비는 새지 않지만 문도 없고, 바닥에는 아무것도 깔려 있지 않다. 그래서 고양이들을 이사시킬 계획을 세웠다.

집에서 50미터 정도 오르막을 오르면 아무도 사용하지 않는 낡은 창고가 하나 있다. 계단식 밭 위에 지어진 창고는 이전까지 귤 저장소였다고 한다. 푸른 세토내해와 사다미사키반도, 이시즈치산이 한눈에 내려다보이는 위치다.
뭐, 고양이들에게 전망 같은 건 상관없을지도 모르지만 이곳이라면 비바람이 불거나 눈이 오거나 태풍이 와도 걱정 없다. 멧돼지나 까마귀나 장난꾸러기 꼬마 아이들도 오지 않을 법한 곳이다.

비닐하우스에서 집을 지나쳐 창고까지의 거리는 오르막길을 따라 약 200미터. 우선 작은 개집을 준비해 그 안에 카리카리

를 두었다. 그리고 하루에 10미터씩 개집을 창고 쪽으로 옮겼다. 경계심을 풀기 위해서였다. 고양이들은 배가 고프면 개집을 찾아왔고, 배를 채우면 다시 비닐하우스로 돌아갔다.
8일쯤 지나자 창고가 보이기 시작했다. 마지막 날은 비가 오는 바람에 30미터 정도를 한 번에 옮겼다. 개집이 드디어 창고 앞에 도착했다.
'어? 여기서 자도 되겠는데?'라고 생각한 걸까, 아니면 비도 오고 비닐하우스까지 돌아가는 게 귀찮았던 걸까? 개집으로 밥을 먹으러 왔던 고양이들은 그대로 창고에 머물렀다.

창고는 폭 약 8미터, 안길이 약 16미터 정도로 양 가장자리에 소형 트럭이 다닐 수 있는 넓은 통로가 있다. 중앙에는 귤을 올려놓는 용도로 쓰던 선반이 천장까지 층층이 달려 있다. 마음껏 오르락내리락할 수 있는 넓은 이 창고가 고양이들 입장에서는 마치 놀이공원 같으리라 생각했다. 그런데 어째서인

지 늘 밖에서 논다.

목조 함석으로 된 벽에 흙으로 된 맨바닥이지만 기둥과 지붕이 튼튼하여 비가 샐 염려는 없다. 혹시 몰라 통풍구에 두꺼운 비닐도 쳐 두었다. 고양이들이 잘 수 있도록 선반의 한쪽에 낡은 담요를 깔고 그 안에 손난로 네 개를 넣어 두었다. 하지만 만족할 만큼 따뜻해지지는 않는다.
이야기를 들은 친구가 조개탄 난로를 써 보라고 조언했다. 직접 불을 붙이지 않아도 되고, 유지 비용도 저렴하다는 이유였다. 다리가 낮은 밥상을 선반에 설치하고 낡은 담요로 감쌌다. 그리고 작은 화로에 조개탄을 채워 담요 안에 넣었다. 옛 향수가 새록새록 솟아나는 조개탄 난로가 완성되었다.
이것만 있으면 기온이 영하로 내려가더라도 담요 안은 10℃ 이상을 유지한다. 게다가 조개탄이 다 타기까지는 열두 시간이 걸린다. 저녁에 난로를 피워 두면 다음 날 아침까지 고양이

들을 추위로부터 지킬 수 있다.

저녁밥을 먹는 옆에서 조개탄에 불을 붙였다. 고양이들은 기둥 뒤에서 의심의 눈초리를 보낸다.
"엄마, 저 사람 대체 뭘 하는 거야?"
쿠츠시타와 시마시마의 눈이 그렇게 말하고 있다.
다음 날, 하얀 입김을 뿜으며 카리카리를 들고 찾아가 보니 난로 주위에 몰려 있던 고양이들이 느릿느릿 걸어 나온다. 다행히 그럭저럭 쓸 만한 모양이다.
아침 해가 가장 먼저 돋는 산, 그 위의 고양이 집.
집이 생겼으니 이제 동장군도 무섭지 않다.

매일 아침 7시 30분, 나는 밥과 물을 챙겨 고양이 집을 향해 오르막길을 걷는다. 강한 한기 속 나와 고양이들이 내뱉는 숨이 창고 안을 하얗게 채운다.
주위는 온통 조용하다. 창고 안은 정적만이 감돈다. 사람과 고양이는 아무 말이 없다. 이 완전무결한 고요를 도시 사람들은 상상하지 못할 것이다.
7시 45분이 되면 창고 안으로 해가 비친다.
얼어붙은 시간이 천천히 녹아내린다.

동지까지 열흘 남은 어느 날의 아침. 고요한 창고 안에서 카리카리를 먹고 있는 쿠츠시타에게 살그머니 손을 뻗어 보았다. 피하지 않는다. 머리와 등허리를 쓰다듬으니 기분 좋은 듯 그르릉 소리를 낸다.

도쿄를 떠나온 지 벌써 7개월. 쿠츠시타와 만난 지는 반년이 지났다. 조금이라도 다가가면 달아나기만 하던 쿠츠시타를 처음으로 쓰다듬었다. 야생 고양이임에도 손에 닿는 털의 감촉이 부드러웠다. 그간 부지런히 먹인 카리카리 덕분인 것 같아 뿌듯하다.

시마시마는 마지막 30센티미터를 허락하지 않는다. 손을 뻗으면 훌쩍 피하거나 고양이 펀치를 날린다. 이 30센티미터는 가까워 보이면서도 한없이 멀다. 그래도 언젠가는 머리를 쓰다듬게 해 주겠지.

딱히 시마시마를 만져 보고 싶어서가 아니다.
친구로 인정받고 싶을 뿐이다.

겨울 아침, 하얀 숨결이 흘러나오는 자그마한 코

감동의 하이파이브. 반년에 걸쳐 쌓은 우정의 결과물이다

눈 고양이

'불의 나라'라 불리는 땅. 따뜻한 남국, 규슈.
하지만 실상은 그렇지도 않다. 입춘 직전의 어느 날, 추운 시기는 이미 지났다고 생각했는데 갑자기 큰 눈이 내렸다.

이 날은 아침 기온이 영하 4℃까지 내려갔다. 고양이 집에 둔 그릇의 물이 꽁꽁 얼어붙어 있었다. 물을 마실 수 있었을 리 없다. 간밤에 언제부터 이랬는지는 모르지만, 얼음을 깨고 물을 새로 채워 주니 시마시마가 목을 축이기 시작했다.
산속에는 고양이들이 물을 마실 곳이 없다. 사람 사는 집이 없으니 빗물이 고일 만한 용기가 굴러다니지도 않고, 겨울철에는 물웅덩이도 얼어 버린다. 저수지는 겨울에도 얼지 않지만 멧돼지가 나타날 법한 숲을 가로질러 700미터나 가야 한다.

입구의 처마 끝에 눈 녹은 물이 대롱대롱 방울진다. 갈라진 처마 틈 사이로 비치는 아침 햇살은 얼마나 아름다운지. 창고의 통로가 엄숙하고도 맑은 주황빛으로 가득 찬다. 쿠로는 아침놀의 가운데에 자리를 잡는다. 명상하는 인도의 수행승 같다. 쿠로는 기껏 마련해 준 따뜻한 잠자리를 쓰는 법이 없다. 항상 어디에서 자는지 수수께끼다. 콧물을 흘릴 바에는 담요에서 자면 좋으련만.

쿠츠시타는 창고를 박차고 나와 눈 위에서 볼일을 보는 중이다. 창고 바닥에 깔린 흙도 충분히 부드러운데, 왜일까? 자기

집이 더러워지는 게 싫기 때문인 것도 같고, 호기심 때문인 것도 같다.
춥지도 않은지 쿠츠시타는 눈사람이 아니라 눈 고양이가 되고 말았다.

시마시마는 무릎까지 쌓인 눈이 신기한지 빙글빙글 뛰어다닌다. 하얀 눈밭에 작은 발자국이 잇따라 찍힌다. 이렇게 추운 아침에도 다들 활기차다.
신나서 이리저리 뛰어다니는 고양이들이라니, 이 얼마나 좋은지.

아직 마음을 놓기에는 불안한 2월 초.

지붕 있는 잠자리와 조개탄 난로. 둥글게 자란 겨울털. 그리고 산더미처럼 쌓인 카리카리가 있으면 눈 덮인 겨울 산도 무섭지 않다.

세토내해 저편에서 봄이 오고 있다. 이시즈치산 등성이까지는 이미 와 있으리라.

이름 없는 별

쿠로가 죽었다.

차를 타고 집을 나선 후 바로 앞의 언덕을 100미터쯤 내려갔을까. 길가에 까마귀 서너 마리가 모여 있었다. 처음에는 너구리나 족제비가 죽었나 보다 싶었다. 그런데 지나가며 보니 고양이였다.
한눈에 알아챘다. 쿠로였다.

쿠로의 몸은 아직 따듯했고, 상처 하나 없이 깨끗했다. 조금만 늦었으면 까마귀의 먹이가 되었을지도 모른다. 아니, 여기가 아닌 전혀 다른 곳에서 쓰러졌으면 발견조차 못한 채 들판에 내버려져 있었을지도 모른다.

며칠 전 쿠로를 봤을 때 눈 위의 털이 몽땅 빠져 있던 게 생각났다. 병에 걸려서 아팠던 걸까. 길가에 있다는 건 차에 치였다는 걸까.
차가 거의 다니지 않는 길이다. 기껏해야 우리 집을 찾아오는 손님이나 길 잃은 사람 정도다.

쿠로를 차에 태우고 돌아왔다.
쿠로의 몸을 수건으로 감싸 숲속에 묻어 주었다. 한때 귤 밭이었고 지금은 아무도 찾지 않는 숲. 한없이 조용한 이곳에서 쿠로는 낮잠을 즐겨 잤다.

아내가 꽃과 향을 가지러 간 사이 작은 무덤에 흙을 덮으며 나도 모르게 눈물을 흘렸다.

언제나 봄바람처럼 살랑이며 다가왔다. 사람을 겁내지 않았지만 아양도 부리지 않았다. 문득 고개를 돌려 보면 곁에 와 있었다.
사람에게 익숙지 않은 시마시마와 쿠츠시타를 마당으로 데리고 와 간식을 나누어 먹고, 사람과 사귀는 법을 가르쳐 주었다.
늘 새끼 고양이들을 지켜보았다. 모두의 큰언니, 큰누나 같은 존재였다.

매일 아침저녁 현관을 나서면 쿠로가 달려왔다. 언제나 함께 고양이 집까지 걸었고, 밥을 다 먹은 후에는 풀숲에 나란히 앉아 저 멀리 바다와 배를 바라보곤 했다.
그래서일까. 아침과 저녁마다 현관문을 열 때면 주체할 수 없는 슬픔이 밀려온다.

고양이는 죽음을 이해할까.
쿠츠시타와 시마시마는 죽은 쿠로를 보지 못했다. 어쩌면 어디론가 멀리 놀러 갔다고 생각할 수도 있겠다. 내일도 또 그다

음 날도 쿠로와 놀던 마당에서 뛰어 놀 것이다.
냉정하게 느껴지기도 한다. 하지만 들고양이가 동료의 죽음으로 충격에 휩싸여 다시 일어설 수 없다면 혹독한 환경 속에서 살아가지 못할 것이다.
고양이 세계에서 죽음과 이별은 슬픈 일이 아니라 당연한 일일지도 모른다.

봄을 알리는 따듯한 바람이 불어온다. 어린 고양이 남매가 얼굴을 들고 작은 코를 씰룩인다. 마치 쿠로의 온기를 찾는 것처럼.
잘 가, 쿠로.

시마시마를 처음 만진 아침

춘양(春陽)이라는 말이 있다. 봄철이란 뜻이다. 빗물이 땅에 스며들듯 아무도 모르게 최저 기온이 올라간다.
3월 5일, 경칩. 산책을 하던 중 뱀과 개구리를 발견했다. 올해 들어 처음이다. 자연이란 이 얼마나 성실하고 정직한가.

그로부터 이틀 뒤, 시마시마가 사라졌다.

고양이 집에 밥을 가지고 갔는데 쿠츠시타와 에리카뿐이다.
그러고 보니 꼬박 이틀을 못 보았다. 대체 어디에 갔을까?
반년을 넘게 매일 얼굴을 보았지만 이틀이나 밥을 먹으러 오지 않은 적은 처음이다.
멧돼지나 너구리, 족제비에게 쫓기다가 깊은 구멍이나 저수

조에 빠진 건 아닐까? 아니면 길을 잃어 어딘가를 헤매고 있을까?

사흘째 되던 날, 차를 몰고 나가 근처의 도로를 샅샅이 뒤졌다. 사고를 당한 흔적은 없어 조금 안심했다.
오늘 밤이나 내일이면 돌아올까? 아니면 모레? 기다리는 것 말고는 할 수 있는 일이 없었다. 그저 무사히 돌아오기를 기도했다. 걱정으로 안절부절 못하는 인간은 신경도 쓰이지 않는지 쿠츠시타와 에리카는 평소처럼 밥을 먹는다.

나흘째 되던 날, 아직 어둑어둑한 새벽녘이었다. 집고양이 네 마리가 창가에 늘어서 바깥을 지그시 바라보고 있다. 종종 사슴이 마당을 지나갔기에, '사슴이라도 지나가나?' 싶어 바깥을 내다보니 쿠츠시타와 시마시마가 나란히 앉아 있다.
"시마시마! 돌아왔구나!"
다행히 다친 곳은 없어 보인다. 조금 마른 것 같긴 하지만 약해진 기색도 없다. 배가 고플 것 같아 일단 밥을 주었더니 엄청난 기세로 먹어 치운다. 한동안 아무것도 먹지 못한 모양이다. 역시 맹수에게 쫓겨 길을 잃었던 걸까?

시마시마가 그릇에 얼굴을 파묻고 정신없이 카리카리를 먹는다. 그 틈을 타 녀석의 등을 향해 손을 뻗었다. 그리고 살살 쓰다듬어 보았다.
먹느라 정신이 없는 탓인지 싫어하지 않았다. 배 아래로 손을 넣어 살짝 안아 올리니 놀랍게도 골골 소리를 내며 내 얼굴을 바라본다.
아무리 애를 써도 닿지 않았던 시마시마. 이 날 우리 사이에 남아 있던 10센티의 간극이 드디어 사라졌다.

그 뒤로 시마시마는 마치 원래 그랬던 것처럼 나를 따른다. 집에 돌아와 안도감을 느낀 걸까. 카리카리를 들고 갈 때마다 창고에서 뛰쳐나와 머리를 비빈다. 고양이는 좋아하는 장소나 동료에게 자신의 냄새를 묻힌다는 말이 떠올라 내심 기쁘다.

드디어 나를 친구로 인정해 주었다.

고양이 사 남매의 중성화 수술

공원에서 주워와 우리 집으로 들어온 고양이 사 남매는 생후 9개월로 추정된다. 네 마리를 막 데려왔을 무렵, 수의사는 "태어난 지 반년에서 1년 사이에 중성화 수술을 시켜야 합니다." 라고 말했었다. 이제 때가 되었다.
수컷의 발정기는 생후 1년부터 찾아온다. 어느 날 아침, 히데지가 여동생 푸의 목덜미를 물고 등에 올라타려는 순간을 목격했다. 더는 수술을 미룰 수 없었다.

사 남매에게 중성화 수술을 시킨다는 건 병원을 네 번 왕복한다는 뜻이다. 수술비는 수컷 1만 엔, 암컷 2만 엔. 밖에서 키우는 고양이들도 곧 수술시킬 예정이라고 했더니 수의사가 "그거 보통 일이 아니겠는데요."라며 네 마리에 도합 4만 엔으로 해 주었다. 물론 큰돈임에는 변함없다. 하지만 이 역시 고양이와 지내기 위한 통과 의례다.

병원 벽면에 줄지어 있는 입원용 케이지에 들여보내고 문을 닫았다. 늘 조용하던 푸는 눈을 크게 뜨더니 새된 소리로 울었다.
평소 마치 사람이 말을 걸듯 잘 떠들던 치는 수술이 끝난 다음 날 데리러 가니, 내 얼굴을 보자마자 "갸앙" 하고 외쳤다. 그 소리가 어찌나 우렁차던지 병원 밖까지 들릴 정도였다. 돌아가는 차 안에서도 눈을 삼각형으로 뜨고 "캬악" 하며 큰소리로 떠들어댔다.

40분이란 긴 시간 동안 차를 타고 달렸다. 집에 도착했을 무렵에는 다들 녹초가 되었는지 이불 위에 쓰러져 잠들었다.
수컷은 구슬 주머니에 잠깐 메스를 대기만 하면 수술이 끝난다. 하지만 암컷은 개복 수술을 하기 때문에 아무래도 충격이 크다. 병원에 따라 다르겠지만, 치와 푸는 스무 바늘이나 꿰맸다. 돌아온 후 이틀 내내 축 늘어져 있는 모습을 보고 있자니 괴롭다. 수술한 다음 날부터 아무렇지 않게 돌아다니던 수컷 두 마리도 이내 얌전해졌다. 힘없는 여동생들의 눈치를 살피

봄은 잠을 부른다. 한낮, 조용한 오후

수술 후 녹초가 된 남매. 서로 끌어안고 쿨쿨

는 것 같다.
이불 위에서 새근새근 자는 여동생들을 오빠 고양이들이 지켜본다. 그 모습을 보니 새삼 실감이 난다. 이 아이들은 이제 이곳을 자기 집이라 여기고 있다.

일주일 후. 수컷들은 한 땀 꿰맨 실을 내가 직접 잘라 주었고, 암컷들은 병원에 데리고 가서 실밥을 뽑고 마무리했다. 다들 전처럼 기운을 되찾고 건강해졌다.

산꼭대기 공원에서 내 뒤를 따라오더니 마음대로 눌러 살기 시작한 사 남매. 그동안은 남의 물건을 맡아 둔 것 같은 애매한 기분이었다. 하루가 멀다 하고 말썽만 부리고, 생김새도 썩 귀엽지 않다. 하지만 장하게도 큰 수술을 이겨내 주었다. 이제는 정말로 우리 집 아이들이다.

바깥 고양이인 쿠츠시타와 시마시마도 생후 11개월 정도다. 추운 겨울에 수술을 하면 몸에 무리가 갈지도 몰라 미뤄 왔지만, 곧 봄이다. 슬슬 실행해 볼까.

집으로 들어온 쿠츠시타와 시마시마

활짝 연 창문 아래로 온도계가 16℃를 가리킨다. 정신이 드니 어느새 봄이다.
쿠로가 잠든 숲에 별꽃이 한가득 피었다.

어느 화창한 날, 눈 뜨자마자 시마시마를 데리고 병원에 갔다.
중성화 수술을 시키기 위해서였다.
오늘을 위해 일주일 전부터 귤 창고에 이동 가방을 놓아 두었다. 덕분에 이동 가방에 익숙해진 시마시마는 내 손에 안겨 가방 안으로 쏙 들어갔다. 쿠츠시타가 주위에 없는 건 이미 확인했다. 겁쟁이 오빠는 여동생이 어딘가로 끌려갔단 걸 꿈에도 모를 것이다.

별안간 가방의 문이 닫히더니 차에 실려 산을 내려가는 이 상황. 난생 처음 겪는 일이라 시마시마는 영문을 모르겠다는 듯 눈을 크게 떴다. 차 안에서 내내 소리를 지르던 네 마리와 달리 아무런 소리도 내지 않고, 꼼짝조차 하지 않는다. 병원에서도 마찬가지였다. 입원용 케이지에 들어가서는 눈만 끔뻑이며 미동도 않는다.

실밥을 뽑으려면 다시 병원에 와야 한다. 하지만 "인간에게 길들여지지 않은 들고양이를 두 번 붙잡기는 힘들 겁니다."라는 수의사의 말에 일주일 동안 입원시키기로 했다. 산밖에 모르던 시마시마에게 지금 이 상황과 장소는 공포 그 자체이리라.

"미안해, 시마시마. 조금만 참아 줘."

그렇게 사과하며 돌아섰다.

퇴원 후 우리 사이는 어떻게 될까? 날 보면 경계하고 도망가겠지. 열 달에 걸쳐 쌓아 올린 신뢰와 우정이 한순간에 물거품이 될 위기다.

"또 잡히면 무슨 짓을 당할지 몰라. 인간을 믿으면 안 된다던 엄마 말이 사실이었어."

시마시마가 그렇게 생각해도 무리는 아니다.

매일 아침저녁으로 가져다주는 카리카리는 먹을 것이다. 하지만 다시 내 다리에 이마를 비비기까지 또 열 달이 걸릴지도 모른다.

그래서다. 이 수술을 계기로 시마시마와 쿠츠시타를 집으로 들이기로 마음먹었다.

물그릇이 얼어붙는 귤 창고에서 자지 않고 집 안에서 잤으면 했다. 하지만 산에서 마음껏 뛰어놀던 아이들을 방 두 칸짜리 좁은 집에 가두고 싶진 않았다. 산에 사는 고양이에게는 그들

의 방식이 있으니까.
먹고 자는 것은 안전하고 쾌적한 집 안에서, 화장실 사용과 노는 것은 푸른 하늘 아래 드넓게 펼쳐진 산에서. 집고양이와 들고양이의 좋은 점만 가져오는 것이 목표다. 집에서 지내던 네 마리에게도 외출의 자유를 누리게 하기로 했다.

계획은 이랬다. 수술을 끝낸 시마시마와 쿠츠시타를 한동안 집에 들여놓고 환경에 익숙해지게 한다. 그 사이에 먼저 있던 사 남매와 사이가 좋아지면 적당한 때에 모두 자유롭게 외출할 수 있도록 한다.
에리카는 여전히 사람을 싫어했다. 지금 집으로 데리고 오면 패닉 상태에 빠질 가능성도 있어 보였다. 그래서 먼저 중성화 수술부터 시키고 시기는 천천히 생각하기로 했다.

들고양이의 취급——

일주일 뒤 아내와 함께 시마시마를 데리러 갔다. 걱정과 달리 말짱한 모습을 보니 한시름 놓인다. 하지만 생각지 못한 문제가 생겼다.

"저희 병원 사정으로 수술일이 미뤄졌어요. 실밥은 연휴가 끝난 후에 뽑겠습니다. 일주일 더 입원해야겠네요."
수의사가 그렇게 말한 것이다.
큰 수술을 한 데다가 다른 환경에 이주일씩이나 입원하면 시마시마에게 부담이 크지 않겠냐고 물었다. 그러자 의사가 웃어넘긴다.
"들고양이잖아요. 들고양이를 맡겼으면 어떻게 되든 각오해야죠."
"잠깐만요, 들고양이면 죽어도 상관없다는 말인가요?"
결혼한 지 16년째. 아내의 화난 목소리를 이날 처음 들었다.

"그렇게 중요하다면 처음에 미리 말씀해 주셨어야죠. 저희는 야생 고양이에게 중성화 수술을 시키는 것 자체가 드문 경우라……."

의사는 변명을 했지만 아내는 화가 머리끝까지 치민 상태였다. 결국 병원 측의 사과를 받았고, 연휴가 끝난 후로 미루지 않고 실밥을 뽑기로 했다.

들고양이로 태어났다는 것이 어째서 차별의 이유가 되는 걸까. 부디 생명의 가치에 차를 두지 않고 동등하게 존중해 주었으면 한다. 적어도 의사라면 말이다.

수술한 지 8일째 되는 날, 시마시마가 퇴원을 했다.
시마시마가 입원해 있는 동안 쿠츠시타를 붙잡아 다다미 한 장(약 0.5평-옮긴이 주) 크기의 케이지 안에 격리해 두었다. 겁쟁이 쿠츠시타는 포획기 문이 닫히는 소리에 놀라 안에서 소란을 피우다가 콧잔등을 다쳤다. 이래서야 수술은 고사하고 병원까지 가지도 못할 게 분명했다.
일단 암컷들이 수술을 마쳤으니 더 이상 새끼가 태어날 염려는 없다. 쿠츠시타의 수술은 당분간 미루기로 했다.

남매는 방 한쪽에 놓인 케이지 안에서 오랜만에 재회했다. 먼저 있던 네 마리와의 싸움을 막기 위해서였지만, 적어도 방이 하나 더 있었다면 이런 감옥 같은 철창에 가둬 둘 필요도 없었을 텐데.

야생에서 태어난 남매 고양이는 영문을 모르겠다는 얼굴이다. 밥도 먹지 않고 서로 몸을 꼭 붙인 채 의심 어린 눈초리로 나를 쳐다볼 뿐이다.
나는 고양이 말을 할 줄 모른다. 이 일련의 악행에 대해 설명할 길이 없다. 그저 시간이 빨리 흘러 남매가 며칠간의 일을 전부 잊기를 바란다.
생각해 보면 인간도 썩 다르지 않다. 환경이 바뀌면 익숙해지기까지 보름에서 한 달 정도의 시간이 걸린다.
그러니 고양이에게도 긴 안목이 필요한 때다.

어쨌든 시작이 성공적이다. 이렇게 해서 나는 쿠츠시타와 시마시마를 집으로 들였다.

집 안을 탐험하다——

케이지 감금 3일째. 투옥 중인 남매의 상태가 그럭저럭 안정되었다. 표정도 누그러지고 밥도 잘 먹는다. 멀리서 보고만 있던 네 마리의 고양이도 슬금슬금 다가오더니, 담요로 덮은 케이지 안을 신기한 듯 기웃거린다.

"너희들, 맨날 밖에서 놀던 애들이지?"
네 마리는 번갈아가며 케이지 안을 들여다본다. 케이지를 사이에 두고 양쪽 고양이들은 서로 냄새를 맡는다. 때로는 하

악! 하고 위협하기도 하지만 그렇게 험악한 분위기는 아니다.
이런 상태라면 한 달 후에는 서로 사이좋게 지내지 않을까?
그래, 한 발짝씩 서두르지 말고 천천히 해 보자.
이렇게 생각하니 어깨의 짐이 조금 가벼워진 듯하다.

그리고 그날 한밤중. 시마시마가 케이지 밖으로 도망쳤다.
몸집이 아무리 작다고 해도 체중이 족히 2.5킬로그램은 나간다. 5센티밖에 안 되는 케이지 철창 사이로 어떻게 빠져나갔을까? 일단 돌아올 수 있도록 케이지 문을 열어 두었다. 그 바람에 쿠츠시타까지 나와 버렸다.

고양이 남매는 두 시간동안 유유히 집안을 탐험했다. 벽을 따라 걷기도 하고, 그릇 선반과 책장으로 뛰어올라 가 코를 킁킁대기도 한다. 사람 냄새와 다른 고양이들 냄새로 가득할 텐데 의외로 침착해 보인다. 케이지 안에서 지내는 동안 그새 익숙해졌나 보다.
창밖을 내다보며 나가고 싶어 하는 기색은 없다. 그 겁 많던 쿠츠시타도 시마시마와 함께 집 안을 활보한다. 다른 고양이 아닌가 싶을 정도로 여유 만만한 태도다.
당황한 건 오히려 선임 고양이들 쪽이다. 전부터 집에 있던 네

집 안은 처음 보는 것 투성이. 그야말로 신세계

3일 전까지 뛰어 놀던 산과 들을 바라보는 남매

마리의 고양이는 책상 위로 대피했다. 머리를 낮추고 한껏 굳은 표정으로 신입들의 움직임을 살피고 있다. 꼬맹이 시마시마는 아무렇지도 않게 그들의 등 위를 넘어 다닌다.
밖에서 나고 자란 들고양이가 더 많은 경험을 한 만큼, 배짱이 있는 건 어쩌면 당연할지도 모르겠다.

책이나 인터넷에는 "새 고양이를 데려올 때는 고양이들의 페이스에 맞춰 익숙해질 수 있도록 시간을 충분히 들여야 한다"라고 나와 있다. 하지만 일이란 막상 해 보면 생각보다 쉬울 때가 있다.
억지로 친하게 지내라고 할 생각은 없다. 그저 함께 살아갈 수 있다면 그걸로 충분하다.

아침 산책을 나가려고 보니 겨우내 쿠로가 오르던 병꽃나무에 꽃이 피어 있다.
쿠로, 너도 보고 있니? 쿠츠시타와 시마시마는 아무래도 우리 집 고양이가 될 것 같아.

이윽고 육 남매가 되다

케이지에서 탈출한 다음 날, 시마시마와 쿠츠시타는 창문을 두드리거나 커튼레일에 올라가는 등 출구를 찾고 있었다. 원래 살던 바깥으로 돌아가려는 모양이다. 그러다 이틀이 지나고 포기했는지 집 안에서 놀기 시작했다.
두꺼운 삼나무 가지로 만든 발톱 긁개를 득득 긁고, 실내 화장실에서 실수 없이 볼일도 잘 본다. 마치 태어나서부터 쭉 이 집에 살았던 것 같은 얼굴로 장난감을 쫓아다니며 놀고, 이불 아래로 기어들어 가 프로레슬링도 한다.

시마시마와 쿠츠시타에게는 1년 가까이 카리카리를 가져다주었다. 비바람과 추위를 피할 잠자리도 만들어 주었다. 하지만 천적이나 맹수까지는 막아 줄 방법이 없었다.

바깥 세계는 항상 위험으로 가득하다. 그래서 시마시마와 쿠츠시타는 마당의 나무 그늘 아래에서 낮잠을 자다가도, 무슨 소리라도 나면 벌떡 일어났다.
지금 그 둘은 내 책상 위에서 몸을 둥글게 말고 무방비한 모습으로 잠들어 있다. 집 밖으로 못 나간다는 사실과 함께 적도 못 들어온다는 사실을 깨달았는지도 모른다.

원래 있던 고양이 사 남매는 갑자기 나타난 전학생의 기세에 놀란 눈치였다. 하지만 일주일쯤 지나자 이전과 마찬가지로 편안한 모습이다.

물론 들고양이 남매와는 따로 행동한다. 어쩌다 마주쳐도 몸이 닿지 않도록 거리를 둔다. 시마시마와 쿠츠시타가 가까이 다가오려고 하면 몸을 젖혀 피한다.

그런 전학생을 받아들이게 된 계기는 차남 히데지였다. 덩치도 다른 고양이보다 두 배는 큰 히데지는 마음도 넓다. 강함은 곧 상냥함. 히데지는 먼저 다가온 시마시마의 이마를 할짝 핥아 주었다. '할짝할짝'은 고양이 세계의 인사.
동료로 인정했다는 뜻이다.

서로 장난치며 싸울 때도 지는 법이 없던 히데지가 신입을 인정하자, 치의 태도도 변했다. 여왕님 기질을 지닌 치는 지금껏 둘을 흘겨보며 피하곤 했었다.

지금까지 치가
"흥, 뭐야. 신입 주제에."
하는 느낌으로 내려다보듯 말했다면,
"얘, 너 어디서 왔니?"
하며 가까이 다가선 느낌이다.
이제는 다가와도 피하지 않고 나란히 앉아 창밖을 바라본다.

고양이에게 맡기니 생각보다 쉬웠다.
머지않아 원래 있던 네 마리 모두 시마시마와 쿠츠시타의 이마를 핥아 주게 되었다.

인터넷으로 주문한 고양이용 모래와 드라이 푸드가 도착했다. 내용물을 꺼내니 고양이들이 달려와 택배 상자를 들락날락거린다. 시마시마가 먼저 상자 안으로 들어가자 남자아이들이 그 뒤를 따라 뛰어든다. 상자를 깨물고, 서로 엉켜 뒹군다. 마치 유치원의 자유놀이 시간 같다. 이렇게 보니 누가 집

고양이고, 누가 들고양이인지 모르겠다.

드디어 모두 가족이 되었다.

한밤중의 대운동회

들고양이 출신인 시마시마와 쿠츠시타. 집 안에서 지내게 되자 둘은 '고양이의 야행성'을 유감없이 과시했다. 밤이 되면 낮보다 백 배 활기차진다. 그리고 아침까지 뛰어다닌다.
그 모습에 잠들어 있던 본능이 다시 깨어난 걸까? 여태껏 인간과 함께 자고 일어나던 시마 형과 동생들까지 밤놀이를 시작했다. 이때부터 매일 밤 대운동회가 펼쳐진 것이다. 하필이면 인간이 자는 이불 위에서.

체중이 2킬로그램 정도였을 때는 머리에 기어올라도 괜찮았다. 하지만 지금은 아이들이 죄다 한 살 가량으로, 가장 작은 시마시마가 2.5킬로그램이다. 가장 몸집이 큰 히데지는 6킬로그램이 넘는다. 여섯 마리 모두 합쳐 25킬로그램에 이르는 고양이 폭탄들이 이불 위를 뛰어다니는 것이다. 어떨 때는 땅이 울릴 정도다.
밤이 깊을수록 숨바꼭질은 격렬해진다. 바닥을 뛰어다니다가 대형 프린터를 밟고 선반까지 뛰어오르고, 다시 이불 위로 점프. 밤새 되풀이되는 행동이다.

아내는 히데지가 얼굴 위를 밟고 지나가는 바람에 눈꺼풀이 베이고 말았다. 놀란 아내는 두려운 나머지 한동안 시마시마와 쿠츠시타가 쓰던 대형 케이지 안에서 웅크리고 잠을 잤다.

고양이도 나이를 먹으며 얌전해진다. 하지만 지금은 사람으로 치면 열다섯 살 정도. 몸만 어른이지 마음은 한창 놀고 싶을 때다.
산과 들을 누비며 자유로이 뛰어놀다가 방 두 칸짜리 집에 갇힌 들고양이의 스트레스를 이해 못 하는 바는 아니다. 하지만 매일 밤 공포에 시달리는 인간의 스트레스도 이만저만이 아니다.

새벽의 사건 —

그러던 어느 날의 새벽.

아침밥을 먹기 전, 책상에 앉아 잠시 일을 하고 있을 때였다.
아직은 어둑한 창밖에서 무언가 움직이는 기척이 느껴졌다.
얼핏 보니 창문 아래에 검고 큰 고양이가 보였다. 우리 집 히데지와 꼭 닮은 생김새. 녀석은 어둠 속에서 내 쪽을 물끄러미 올려다보고 있었다. 뭐야, 이 녀석. 지금까지 한 번도 본 적 없는 고양인데. 혹시 히데지와 동생들의 아빠일까?

보통 들고양이는 사람과 눈이 마주치면 순간 멈칫한 후 달아나기 마련이다. 그런데 이 거대한 고양이는 달아나기는커녕 계속 나를 보고 있다. 위로 찢어진 작은 눈, 두툼한 목, 떡 벌어진 어깨. 볼수록 히데지와 똑같다.
이번에는 치를 닮은 잿빛 고양이가 나타났다. 잿빛 고양이는 새침한 얼굴로 히데지를 닮은 고양이 앞을 가로질렀다.

아, 우리 집 고양이들이구나!

당황하여 뒤를 돌아보니 창문 방충망이 통째로 떨어져 있다. 자는 아내를 흔들어 깨우고 나는 그대로 창문을 뛰어넘었다.
시마시마와 푸는 창문 옆에 세워 둔 차 밑에 있었다. 두 마리가 서로 마주 앉아 큰 지렁이에게 고양이 펀치를 날리며 놀고 있다. 조금 떨어진 채소밭 쪽에는 시마 형과 치가 어슬렁거리고 있다. 맨발로 흙과 풀 위를 뛰어다니며 한 마리씩 번쩍 안아들었다. 그리고 아내가 대기하고 있는 창문 안으로 집어넣었다.
어째서인지 쿠츠시타만은 밖에 나가지 않고 책상 위에서 몸을 둥글게 말고 있었다.

집에 잡혀 들어온 다섯 마리의 탈주 고양이들은 창가에 나란히 들러붙었다. 또 나가고 싶다는 얼굴로 바깥 풍경에서 눈을 떼지 못한다.
고양이가 발톱을 세워도 찢어질 염려가 없는 애완동물 전용 방충망이었다. 하지만 몸무게가 5킬로그램에 달하는 시마 형이 뛰어들면 방충망이 통째로 떨어진다는 사실을 깨달았다.
심지어 히데지는 아주 자연스럽게 방충망을 열기까지 했다.
마치 전통 의상을 입은 여성이 한 손은 무릎에 가지런히 둔 채 다른 한 손으로 문을 열듯이 말이다.

사람도 차도 다니지 않는 산속. 마음껏 뛰어다니고 싶다

집단 탈주 후 집으로 잡혀 와 창밖을 내다보는 고양이들

외출의 맛을 알아 버렸으니 더는 안에만 가둬 둘 수 없다. 모두가 자유로이 외출할 때가 된 것이다.

창가에서 떠나지 못하는 고양이들을 보니 이제 불가항력이다.

드디어 여름의 모험이 시작된다!

제 2 장

매일 고양이와 산책을

사계절 속으로
-밖으로 나간 고양이들

칠석의 아침. 밤사이 비가 내리더니 해 뜰 무렵 그쳤다. 여섯 마리의 고양이들이 은하수를 건너 놀러 갈 수 있도록 방충망에 단 고양이 출입문을 열어 주었다.

우선 본보기로 시마시마의 엉덩이를 밀어 문 밖으로 빠져나가게 했다.
"아, 이렇게 통과하면 되는구나!" 하고 이해했다는 듯, 한 마리씩 줄지어 이마로 문을 밀어 열더니 즐거워하며 나간다.

곧바로 뛰어다니지는 않는다. 먼저 문 주위의 풀 냄새를 맡으며 두리번거리더니 살그머니 발을 내딛는다.
히데지와 시마 형은 흥분한 나머지 눈을 동그랗게 뜨고 턱이 빠진 것처럼 입을 벌린 채 걷고 있다. 둘은 엉덩이를 높이 들더니 나무 그루터기를 향해 마킹을 한다. 집 안에서는 한 번도 한 적 없는 행동이다. 영역 표시일까? 아니면 집으로 돌아가는 길을 잃지 않으려고?

치와 푸는 길가의 싱싱한 풀을 한 움큼 뜯어 먹기도 하고, 강아지풀을 툭툭 치며 놀기도 한다. 들고양이 출신인 시마시마는 훤히 안다는 듯한 얼굴이다. 풀 냄새를 확인이라도 하는 듯 킁킁거리며 유유히 숲 쪽으로 걸어간다.

하지만 쿠츠시타만은 예외다. 같은 들고양이 출신이면서 이

날도 밖으로 나가지 않고 평소처럼 이불 위에서 낮잠을 잔다. 야외보다는 실내가 좋은 모양이다.

너무 멀리 나갔다가 못 돌아오지는 않을까 하는 보호자의 마음에 처음에는 뒤따라가 보았다. 하지만 다섯 마리를 전부 따라가는 건 무리였다. 걱정한다 한들 어쩔 도리가 없어 깔끔히 단념하고 집으로 돌아왔다.
모두 어딘가로 떠나고 모습이 완전히 보이지 않는다. 두 시간 정도가 지나자 마킹을 한 덕분인지 고양이 출입문으로 하나 둘씩 돌아왔다.

그런데 시마시마가 돌아오지 않았다. 에리카를 찾아간 걸까? 유독 엄마를 따르던 아이였다. 각오는 했지만 조금은 서운한 마음을 안고 있는데, 세 시간 후 한낮이 되자 돌아왔다. 두 달 동안 모두와 함께 지낸 이곳을 집이라고 생각한 모양이다.

오후가 되자 고양이들은 밖으로 나갔다 들어오기를 되풀이했다. 저녁밥을 먹은 후에도 줄줄이 외출을 했다. 이번에도 쿠츠시타는 나가지 않았다.

어느덧 밤의 장막이 내리고 은하수가 하늘을 가득 채웠다.
한 마리, 그리고 또 한 마리.
깜깜해진 마당을 가로질러 고양이 출입문으로 달려온다. 저녁 8시, 푸를 마지막으로 모두 무사히 귀환했다. 노느라 지쳤는지 녀석들은 방 여기저기에 널브러져 순식간에 잠들었다.

이날부터 한밤중의 대운동회가 거짓말처럼 멈췄다.

매일 고양이와 산책하다

제법 뜨거워진 여름의 햇살이 내리쬐기 전, 매일 아침 7시부터 한 시간씩 산책을 한다. 집 앞 언덕길을 올라 협죽도 터널을 빠져나간다. 목적지는 산꼭대기의 공원. 공원을 한 바퀴 돈 뒤 다른 길로 내려와 연못과 논밭을 둘러보고 온다.

고양이들이 자유롭게 외출한 지 벌써 열흘이 지났다. 내가 현관을 나서면 자고 있던 치와 푸 자매가 고양이 출입문으로 달려 나와 나를 쫓아온다. 길가의 풀을 먹기도 하고, 메뚜기를 쫓기도 하면서 함께 산책을 한다. 물론 목줄은 하지 않는다.
발소리를 듣고 삼나무 숲에서 히데지와 시마시마가 튀어나온다.
"너희도 갈래?"

"야옹."

험상궂은 얼굴의 히데지와 꼬맹이 시마시마가 나를 올려다보며 대답한다.

나는 오니가시마섬에 도깨비를 물리치러 가는 모모타로가 된 것처럼 네 마리의 고양이를 거느리고 귤 창고 앞에 다다랐다.

이번에는 덤불에서 시마 형이 나타났다.

풀 냄새를 맡기도 하고 서로 뒹굴며 장난을 치다가도 나와의 거리가 벌어지면 다급히 따라온다. 그리고는 다시 길가의 풀을 먹는다. 금세 또 딴짓이다.

언덕길을 오르다 보니 우리 집이 나무에 가려 잘 보이지 않는다. 지나가다 보이는 아무 빈집 앞에 책상다리를 하고 앉았다. 차는커녕 사람도 오가지 않는 한적한 길이다.

"여기서 쉴 거야?"

고양이들이 눈으로 묻는다.

내가 앉아서 한숨 돌리는 동안 고양이들은 나무 그루터기에 발톱을 갈거나 흙바닥 위에 몸을 굴리며 모래 샤워를 한다.

빈집 뒤쪽에서 부스럭부스럭 소리가 났다. 고양이들이 일제히 바라본다. 흰 꽃 뒤에서 나온 건 바로 삼남 쿠츠시타. 집만 좋아하는 줄 알았는데 언제부턴지 매일 밖으로 나와 놀고 있었다.

이걸로 여섯 마리가 다 모였다.

삼나무 숲에서 불어오는 바람이 기분 좋다.

영차.

조금 더 가 볼까. 다시 걷기 시작해 본다.

고양이들은 마음 내키는 대로 풀을 뜯고 벌레를 쫓으면서도 길을 벗어나지 않는다. 서로 찰싹 달라붙지도, 그렇다고 멀리 떨어지지도 않은 채 일정한 거리를 유지한다. 가족의 결속력일까. 그렇게 여름 하늘 아래를 종종거리며 걷는다. 어디까지나 내 뒤를 따라온다.
평소에는 다들 따로 자고, 먹고, 논다. 하지만 나와 산책을 할 때면 이렇게 모두가 모인다. 그리고 언제부터인가 고양이들과 함께 산책하는 것이 매일의 일과가 되어 있었다.

한적한 시골길에서 마음껏 풀을 뜯는 여섯 마리의 고양이.
고양이가 사람과 산책하기를 이렇게 좋아할 줄이야.

어디까지라도 다 함께

아침 5시, 아침밥을 준비하면 고양이들이 이불 위에서 일어난다. 다 먹은 후에는 양치하듯 입 주위를 앞발로 문질러 음식 냄새를 지운다. 그리고 모두 밖으로 나간다.
저녁 5시, 저녁밥을 먹고 나서도 마찬가지로 일련의 행동을 마친 후 외출을 한다. 배를 채우면 놀거나 사냥하는 습성이 있는 것 같다. 생각해 보니 동 틀 무렵에는 새가 활동을 시작하고 해가 질 무렵에는 쥐가 깨어난다.

내가 산책을 나가는 아침 7시에는 아직 돌아오지 않은 고양이도 있고 집 안 아무데서나 쓰러져 자는 고양이도 있다. 그러다 신기하게 내가 현관문만 나서면 "산책 가는구나!" 하고 자다가도 벌떡 일어나 쫓아온다. 집 근처에서 놀던 아이들도 곧 눈

치 채고 모여든다.

우리는 350미터 정도 걷는 산꼭대기 공원 코스를 주로 산책한다. 공원과 반대 방향인 저수지 쪽으로 가는 코스도 있지만 집에서 1킬로미터 이상 가야 한다. 너무 멀리 갔다가 누구 하나라도 미아가 되면 큰일이니 매번 공원으로 향한다.

사실 나는 운동을 위해 저수지까지 걷고 싶다. 하지만 고양이들이 따라오니 갈 수 없다. 고민한 끝에 한 가지 방법을 고안했다. 일단 고양이들의 눈을 피해 차를 타고 출발한 뒤, 공원

과 반대 방향의 언덕 아래에 주차를 해 놓고 거기서부터 저수지까지 몰래 걸어간다. 그렇게 긴 코스를 나 혼자 걷고 돌아온 다음, 이번에는 고양이들과 함께 산꼭대기 공원까지의 짧은 산책 코스를 걷는 것이다. 마지막에는 다시 언덕 아래로 내려가 차를 가지고 와야 한다. 조금 번거롭지만 고양이들이 산책을 좋아하기에 힘들지는 않다.

개는 '산책'이라는 말만 들어도 눈을 빛낸다. 고양이도 산책할 시간이 다가오면 내가 자리에서 일어서기만 해도 들뜬 기색을 보인다. 치는 유독 감각이 예민하다. 이미 고양이 출입문 앞에서 뛰쳐나갈 준비를 하고 있다.
장난기가 동하여 몰래 집을 나서도 소용없다. 내가 없다는 걸 눈치 챘는지 언덕을 오를 무렵에는 고양이 문을 박차고 달려 나온다. 전속력으로, 쏜살같이. 어느새 내 발치에 와 있다.

겁 많은 쿠츠시타도, 히데지 체중의 반밖에 안 되는 시마시마도 산책을 거르지 않는다. 이렇게 다 같이 산책하는 모습을 보니 고양이도 주인과의 산책을 즐겁게 생각하는 모양이다. 개와 크게 다르지 않다.

타박타박, 총총. 중간중간 딴짓도 하며 모두 함께 산책한다

들고양이 출신이라 산을 잘 아는 시마시마도 즐거운 듯 같이 걷는다

멍멍이 경찰 아저씨

고양이가 산책보다, 주인보다 좋아하는 것.
바로 먹을 것이다.

우리 집에는 주방 수납장 서랍에 카리카리가 들어 있다. 그러다 보니 내가 수납장에 있는 커피 머신에만 손을 대도 여기저기서 고양이들이 달려온다.
처음에는 아무 때나 밥을 먹을 수 있도록 밥그릇을 종일 꺼내 두었다. 그런데 먹보 시마 형이 남은 밥을 전부 먹는 바람에 퉁퉁하게 살이 찌고 말았다. 그래서 하루 두 번 모두에게 일제히 밥을 주고, 남은 밥은 치우기로 했다.
그때부터 고양이들은 귀를 안테나처럼 세우고 수납장 서랍이 열리기만을 기다리는 것이다.

카리카리를 주는 줄 알고 달려온 여섯 마리의 고양이가 발톱을 세우고 바지를 기어오르려 한다. 서두르라는 뜻이다. 고양이 발톱은 앞발에 다섯 개씩, 뒷발에 네 개씩 있으니 한 마리당 발톱이 열여덟 개라는 계산이 나온다. 그런데 여섯 마리라면? 전부 더해서 합이 108개다.
백팔번뇌와 같은 108개의 발톱이 나를 마구 찌른다.

커피를 마실 때마다 받는 발톱 공격과 '뭐야, 밥 아니었어?' 하는 고양이들의 불만 어린 시선. 더는 버틸 수 없어 대책을 강구했다.
고양이들은 내가 서랍을 여는 소리를 듣고 찾아온다. 그럼 식사 시간을 알리는 특별한 신호를 정하면 된다. 그 신호가 울리지 않으면 내가 서랍장 쪽으로 걸어가도 밥이 나오지 않는다는 사실을 고양이들에게 기억시키는 것이다.

자, 그럼 신호는 뭘로 할까?
너무 단순해서는 안 된다. 비슷한 다른 소리와 헷갈리기 쉬울 테니까. 고민 끝에 동요 '멍멍이 경찰 아저씨'로 결정했다. 인터넷에서 오르골로 연주된 음원을 찾아 핸드폰으로 옮긴 후 알람 소리로 설정해 두었다.

매일 아침 5시와 저녁 5시, 하루 두 번. 고양이들에게는 정체 불명의 멜로디가 집 안에 울려 퍼진다. 멜로디가 시작되면 바로 밥을 준다.

처음에는 다들 영문을 몰라 했다. 낯선 소리에 잠이 깨 고개를 들 뿐이었다. 그러다 7일째부터는 노래가 시작되자 "혹시 밥 시간이야?" 하고 묻는 듯한 얼굴로 나를 올려다본다.
보름이 지난 무렵에는 멜로디가 시작되자마자 경쟁하듯 수납장 앞으로 뛰어오게 되었다. 퀴즈 프로그램의 한 코너처럼 말이다. 커피를 마시려고 수납장에 다가가도 이제는 눈길조차 주지 않는다.

가끔 밖에서 노는 데 정신이 팔려 식사 시간에 돌아오지 않는 아이가 있다. 그런 경우를 위해 외부 스피커를 연결해 집 밖까지 음악 소리가 들리게 했다. 도시에서 이런 일을 했다면 주민들의 항의가 빗발쳤을 터다. 하지만 이곳은 주위에 집이라곤 한 채 없는 시골이기에 망설이지 않았다.

외부 스피커를 설치한 뒤로, 아이들은 삼나무 숲이나 귤 창고에서 놀다가도 멜로디가 울리면 집으로 돌아왔다. 멍멍이 경찰 아저씨가 들리면 모인다. 이것이 나와 고양이들 사이의 유일한 약속이자 규칙이 되었다.

"마음껏 놀고, 마음껏 자고, 어디에 가든 상관하지 않을게. 하지만 아침저녁으로 하루 두 번은 꼭 출석을 확인할 거야. 그러니 멍멍이 경찰 아저씨가 들리면 모두 얼굴을 보여 줘야 해."

어느 날 오후, 아내가 피아노를 치고 있었다. 고양이들은 모차르트의 소나타가 흐르는 방에서 낮잠을 자는 중이었다. 그때 장난기가 발동한 아내가 소나타 대신 멍멍이 경찰 아저씨를 연주하기 시작했다.

그러자 고양이들은 식사 시간도 아닌데 한 마리도 빠짐없이

벌떡 일어나 수납장 앞으로 달려갔다. 녀석들은 멍멍이 경찰 아저씨를 듣고 구분했다. 오르골 소리가 아니라 피아노 소리여도, 모차르트의 소나타를 연주하던 중 곡이 갑자기 바뀌어도 구분해냈다.

참고로 자고 있는 고양이들의 귓가에 대고 멍멍이 경찰 아저씨를 부른 적이 있지만 일어나지 않았다. 음치라서 그런 걸까? 아무래도 아닌 듯하다.
피아노로 여러 번 시험해 본 결과, 놀랍게도 핸드폰 알람과 같은 음높이로 치지 않으면 일어나지 않았다.
고양이가 절대 음감을 가지고 있을 줄이야!

이제 고양이들은 멍멍이 경찰 아저씨의 선율이 들리든 들리지 않든 시간이 되면 집으로 돌아온다. 아침 5시와 저녁 5시에는 귀가한다는 약속을 기억하게 된 것이다.

경적 소리는 산책 신호

아침 7시. 고양이 세 마리가 집 안에서 자고 있다. 두 마리는 마당을 거닐고 있고, 다른 한 마리는 어디에 간 모양이다. 자전거용 경적을 들고 현관문을 나선다. 삼나무 사이로 아직은 차가운 아침 바람이 불어온다.

빰빰, 경적을 울렸다.
얼마 전부터 나는 자전거 경적을 울려 산책 시간을 알리기 시작했다. '멍멍이 경찰 아저씨'에 이어 또 하나의 신호를 만든 것이다. 만약 산속에서 미아가 되더라도 경적 소리를 듣고 되돌아올 수 있을지도 모른다.
집에서 자고 있던 세 마리가 고양이 출입문으로 차례차례 뛰어나온다. 나는 언덕을 오르며 계속 경적을 울렸다. 마당의 나무에서 숨바꼭질을 하던 두 마리가 달개비를 헤치고 전속력으로 달려온다.

빰빰.
언덕 저편에서 푸가 뛰어내려 온다.
빰빰.

본격적으로 걷기 시작하기도 전에 여섯 마리가 모두 모였다. 녀석들은 특별히 뭔가를 하며 기다리지 않는다. 그저 길 위에 앉아 있다.

아무 말도 하지 않고 보채지도 않는다. 시코쿠 저편으로 떠오르는 햇빛을 향해 앉아 그저 가만히 기다릴 뿐이다.

가끔 나는 왜 이렇게 고양이가 좋은지 궁금해질 때가 있다.
그들은 내게 아무것도 해 주지 않는다. 나 역시 그들에게 필요 이상의 일은 하지 않는다.
고양이들이 해를 향해 앉아 있으면, 나도 해를 바라보며 곁에 앉는다.
고양이들이 서로 어울려 놀며 지내는 것처럼, 나도 어울려 지낸다.
그렇게 우리는 같은 시간을 공유하고 있다.

마냥 주기만 하는 사랑은 공존이 아닌 의존적인 관계를 만든다. 경적 소리를 듣고 달려오는 건 의존일까?
아니, 아마 아닐 것이다.

산속에 울려 퍼지는 경적 소리도, 하루에 두 번 들리는 오르골 소리도 그냥 신호일 뿐이다. 우리가 같은 시간과 공간을 공유하기 위한 신호 말이다.

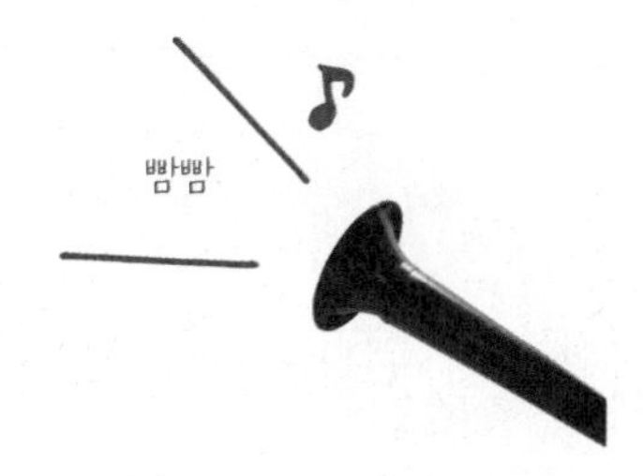
빰빰

고양이들의 하루

자유롭게 외출을 하기 시작한 후, 고양이들은 집 안에선 거의 잠만 잔다.

아침 5시, 멍멍이 경찰 아저씨가 울려 퍼지면 이불 위에서 벌떡 일어난다. 카리카리를 먹은 뒤, 앞발로 세수를 하고 밖으로 나간다. 비가 오든 눈이 오든 날씨에 상관치 않고 나가는 모습은 감탄마저 나올 정도다. 한 시간 정도 지나면 집으로 돌아와 아무데나 쓰러져 자는 아이도 있고, 그대로 밖에서 더 노는 아이도 있다.

아침 7시, 경적을 울리면 전원 집합하여 산꼭대기 공원까지 산책을 한다. 집 근처에 도착하면 같이 집으로 들어오는 아이도 있고 마당에서 노는 아이, 숲속으로 들어가는 아이도 있다.

9시에서 10시 사이에는 모두 돌아온다. 낮 동안에는 책상 구석에 자리를 잡고 자는 경우가 대부분이다. 그중에는 저녁 식사를 할 때까지 종일 잠만 자는 아이도 있다.
아내가 집 뒤편의 텃밭에서 밭일을 시작하면 반드시 누군가는 다가간다. 고양이 손이라도 빌려야 할 만큼 일이 바빠도 도와주는 법은 없다. 곁에서 일하는 사람을 감독하거나 모종을 심으려고 파 둔 구덩이에 볼일을 보거나 한다.

저녁 5시, 멍멍이 경찰 아저씨가 울려 퍼지면 저녁밥을 먹는다. 아침보다 저녁에 지각하는 아이들이 많다. 산속에서 놀다가 음악 소리를 듣고 뛰어오느라 늦는 모양이다. 식사를 마치면 다시 모두 외출한다.

저녁 6시부터 9시 사이에는 슬슬 한 마리씩 귀가하기 시작한다. 그리고 늦어도 밤 11시에는 모두 모여 이불 위에서 잠이 든다.
전에 키웠던 고양이들은 모두 이불 속에서 잠을 잤다. 그런데 이 녀석들은 하나같이 이불 위에서 잔다.

삼나무 숲은 고양이들의 원더랜드

고추가 열렸다. 오늘의 밭일 감독은 히데지

다들 잠버릇이 얌전한 아내의 이불을 선호한다. 소인국 사람들이 걸리버를 결박한 것처럼, 고양이들은 아내를 둘러싼 채 잠이 든다.

낮에도 밤에도, 집 안에서도 바깥에서도, 일을 할 때도 산책을 할 때도, 늘 고양이가 곁에 있다. 고양이 애호가에게 더할 나위 없는 생활이리라.

산책 중에 볼 수 있는 고양이들의 모습

냄새를 맡고, 냄새를 묻힌다——

고양이 문을 나서자마자 멈추어 서서 주위를 천천히 살핀다. 코끝을 들고 바람 냄새를 맡은 다음, 만족스러운 얼굴로 걷기 시작한다.
얼굴 높이에 마른 풀 줄기가 있으면 눈 위로 비벼 냄새를 묻힌다. 매일 하는 일은 아니지만 간혹 풀숲에 엉덩이를 들고 마킹할 때도 있다. 전봇대는 그냥 지나친다. 남자아이들뿐 아니라 여자아이들도 가끔 같은 행동을 한다.
산책 중에 갑자기 흙냄새를 맡을 때는 너구리의 분뇨나 멧돼지의 발자국을 발견한 경우다. 사슴이 숲속을 걷는 모습은 매일 보는 풍경이다. 고양이의 라이벌 격인 짐승들이 꽤 있는 모양이다.

봄 냄새~

바람 냄새~

물을 마신다——

푸른 풀이 융단처럼 깔린 신비로운 공간. 끊임없이 들려오는 매미 소리와 샘솟는 물소리.
숲을 가로질러 가다 보면 옛날 귤 농사를 지을 때 사용되던 저수조가 나온다. 치는 낡은 콘크리트 저수조에 앞발을 얹고 만발한 연꽃을 바라본다.
연보랏빛 연꽃잎 그림자 아래로 개구리의 눈 두 개가 보였다.
문득 "오래된 연못 울지 않는 개구리 먹히지 않네."라는 시구가 떠오른다.
이봐, 개구리 친구. 움직이지 말게. 움직이면 끝이야.

상대가 물속에 있는 만큼 치도 쉽사리 덤벼들지 못한다. 매미 소리와 나뭇잎 사이로 비치는 햇빛 속에서 지구전이 펼쳐진다. 결국 기다리다 지친 치는 저수조의 물을 마시기 시작한다.
기왕 마실 거면 수초가 둥둥 떠 있는 저수조 물 대신 방금 지나온 수로에서 솟는 깨끗한 물이 낫지 않을까?
그런 생각을 하고 있는데 푸가 도착했다. 녀석은 치 옆에 자리를 잡더니 나란히 앉아 물을 마신다. 마찬가지로 개구리가 사는 저수조 물을.

"고양이를 위해 늘 신선한 물을 준비해 주세요."
책이나 인터넷에는 그렇게 나와 있다. 하지만 우리 집 고양이들은 물그릇에 담긴 깨끗한 물에는 눈길도 주지 않고 어항 물만 마신다. 어쩌면 찬물보다 고여 있는 미지근한 물을 좋아하는지도 모르겠다. 다행히 물 때문에 배탈이 난 적은 한 번도 없다.

기가 센 장녀와 소심한 차녀. 나란히 앉아 물을 마시는 둘의 입가에서 잔물결이 일더니 둥근 원을 그리며 퍼져 나간다.

전속력으로 달린다——

고양이들은 자기 이름이 불리면 꼬리를 꼿꼿이 세우고 달려온다. 30미터 앞에서 쏜살같이 달려와 내 무릎에 이마를 비비고는 흙바닥에 배를 깔고 눕는다. 더운 날에는 개처럼 입을 벌리고 헐떡거리기도 한다.

산책 중에 한눈을 잘 파는 치는 뒤처졌다가 쫓아오고, 다시 뒤처졌다가 쫓아오고를 반복한다.

산과 들을 뛰어다니기 때문에 발바닥은 자연히 딱딱해졌다. 그러니 나무를 타도, 마른 나뭇가지를 밟아도 상처가 나지 않는다. 산꼭대기 공원 같이 넓기만 한 곳에서는 마음이 안정되지 않는지 뛰거나 돌아다니지 않는다. 돌비석 그늘에 앉아 있는 정도다. 나비를 발견하면 뒤를 쫓아 달려가지만 아무 이유 없이 달리지는 않는다. 달리기 자체를 좋아하는 건 아닌 모양이다.

발톱을 간다――

산책을 시작하기 직전, 외출 준비라도 하듯 길가의 나무에 발톱

을 간다. 산책이 끝나기 직전에도 마찬가지다. 코스 마지막 지점에 삼나무 숲을 지나가는데, 거기서 또 한 번 발톱을 간다. 신기하게도 살아 있는 나무에는 갈지 않는다.
이렇게 스스로 발톱을 갈기도 하고, 흙을 밟으며 뛰어다니기도 해서 발톱 길이가 늘 적당하다. 덕분에 발톱을 깎아 줄 필요가 없다.

풀을 먹는다──

우적우적, 길가의 어린 억새풀을 뜯어 먹는다.
고양이가 털 손질을 할 때 삼킨 털은 뱃속에 고스란히 쌓인다. 풀을 먹는 것은 위를 자극해 쌓인 털을 토해내기 위해서다. 끝이 뾰족한 풀을 선호하는 듯하다. 그중에서도 억새풀과 강아지풀을 즐겨 먹는다.

지붕을 오른다──

언덕길을 오르다 보면 시마시마와 쿠츠시타가 첫 겨울을 난 귤

창고가 나온다. 가끔은 안에 들어가 보라고 엉덩이를 떠미는데, 그럴 때마다 왜 그러냐는 표정을 짓는다.

이제 귤 창고에 에리카는 없다. 아이들과 한시도 떨어지지 않던 그녀는 시마시마와 쿠츠시타가 우리 집에서 살게 된 후로 이곳을 떠났다. 지금은 원래 살던 매형의 농장으로 돌아가, 늙은 할머니 고양이와 단둘이 지내고 있다. 귤 창고나 우리 집 근처에는 얼씬도 하지 않는다.

창고 바로 옆에는 큰 나무가 한 그루 있는데, 시마시마는 그 나무를 타고 종종 지붕으로 올라간다. 지붕 위를 한차례 걸은 뒤,

농장 쪽을 바라보고는 잠시 후 뛰어내려 와 산책에 동행한다.
우리 집 지붕 위로 올라갈 수 있는 고양이는 몸이 가벼운 시마시마와 근육질 히데지뿐이다. 시마시마는 온수 배관을 타고 올라가 지붕 위에 사뿐 내려앉는다. 히데지는 홈통과 빗물받이를 앞발로 잡고 매달린 채 올라간다.

나무를 탄다—

몸이 가벼운 시마시마는 도움닫기 없이 제자리에서 점프해 나무 위로 올라간다.
뚱뚱한 시마 형은 맹렬한 기세로 달려 올라가다가, 제 무게를 이기지 못하고 줄줄 미끄러진다.
근육남 히데지는 땅 위를 달리는 속도로 이 가지에서 저 가지로 옮겨 다닌다. 그러다 발을 헛디디면 팔 힘만으로 매달려 있다가 내려온다.

치는 굵은 나뭇가지가 달린 나무에 올라 "낮잠 자기 좋은 곳을 찾았어!"라는 얼굴을 한다.
나무에서 내려올 때는 다들 머리를 아래로 향하고 내려온다. 엉덩이부터 내려오면 아래가 보이지 않아 불안한 모양이다. 나무를 타고 내려오다가 속도가 붙으면 폴짝 뛰어내린다.

비밀 장소를 알려 준다——

매미가 요란하게 울어대는 숲에서 나무들은 땅속의 물을 빨아들인다. 고양이들은 물이 야트막하게 잠긴 아스팔트를 사이좋게 걷는다.

아스팔트를 흐르는 물 속에서 민물 게를 발견한 치가 앞발을 휘두른다. 그 모습을 푸가 고개를 갸웃거리며 지켜본다.
게는 화가 난 듯 빨간 집게발을 쳐들더니 후다닥 옆으로 걸어 물이 솟아 나오는 도랑으로 들어갔다.

푸가 도랑을 뛰어넘어 풀숲에 달려든다. 치도 그 뒤를 따른다. 돌아오라고 부르려다가 가끔은 이런 것도 좋겠지, 하고 따라가

본다.

조금 가다 보니 키위 밭이 나온다. 한때 누군가 돌본 흔적이 있긴 하지만 지금은 방치 중인 듯하다.

푸와 치는 키위 덩굴과 넓게 뻗은 시렁 아래를 요리조리 빠져나간다. 익숙하다는 듯 발걸음을 옮기는 데 망설임이 없다. 이어서 작은 수로에 가로놓인 다리를 건넜다.

키위 밭을 지나자 삼나무 숲속이다. 그런데 얼마 가지 않아 눈 앞에 푸른 잡초가 무성한 공터가 펼쳐졌다. 원래 집이 세워져 있던 곳인지 여기만 나무가 없다.

토끼를 쫓다가 이상한 나라에 뚝 떨어진 앨리스가 된 느낌이다.

회색 털과 검은색 털의 자매가 의기양양한 얼굴로 나를 올려다본다.

"이런 곳이 있는 줄 몰랐지?

꼭 그렇게 묻는 것 같다.

맞다, 상상도 못 했다. 늘 걷던 길을 벗어난 것만으로 이런 풍경들을 보게 되다니. 해가 들지 않는 삼나무 숲속은 그저 쓸쓸하고 황량할 줄만 알았다.

어느새 히데지와 시마 형도 와 있다.
자유 외출을 허락한 지 한 달째. 이제는 사람보다 고양이가 산에 대해 더 잘 아는 것 같다.

고양이와 비를 피하다
-잊을 수 없는 여름

집 앞의 언덕과 삼나무 숲 사이에는 작은 길이 나 있다. 그 길에서 멀리 떨어지지 않은 곳에 푸의 별장이 있다. 지금은 사용하지 않는 낡은 헛간이다.
전에 산기슭 마을에서 귤 밭으로 일하러 온 사람들이 농기구를 보관하던 곳 같다. 창문으로 들여다보니 거미줄 쳐진 낡은 농기구들이 오도카니 놓여 있을 뿐이다.
문은 잠겨 있었다. 하지만 함석으로 된 벽이 녹슬면서 구멍이 생겨 있었다. 푸는 그곳을 통해 드나들고 있었다.

푸는 잘 때 언니, 오빠들이 가까이 오는 걸 꺼려 한다. 어릴 때는 모두 다 한데 뭉쳐 잤는데 한 살이 되면서 혼자 자는 아이들이 생겼다. 고양이도 나이를 먹으면 자아가 생기나 보다.

방 두 칸짜리 좁은 집에서 혼자만의 시간을 가지기란 어려운 일이다. 푸는 자연히 별장을 자주 찾았다. 밤에는 집에서 잠을 자지만 낮잠은 별장에서 잤다.

그날은 아내와 둘이서 긴 산책 코스를 돌고 오는 길이었다. 그때 마침 푸의 별장을 지나가게 되었다.
혹시나 싶어 이름을 부르자 한참을 바스락거리더니 푸가 벽 구멍으로 얼굴을 내민다. 푸는 고양이 형제자매보다 사람과 있는 것을 더 좋아한다.

나와 아내와 푸, 이렇게 셋이서 함께 집으로 돌아가려는 순간이었다. 갑자기 요란한 천둥소리와 함께 소나기가 쏟아졌다.

보통의 비라면 아무 문제도 되지 않는다. 숲속에서 비를 피하면 거의 젖지 않으니까. 허나 이렇게 억수같이 쏟아지는 비는 울창한 나무들도 막아 주지 못한다.
푸는 빗소리와 천둥소리 때문에 당황한 기색이 역력하다. 별장에서 잘 쉬고 있었는데 불려 나와 이런 꼴을 당하다니. 납득하지 못하겠다는 표정인 것도 이해가 간다.

고양이란 동물은 몸이 젖는 걸 싫어한다. 비가 오는 날도 밖으

로 나가 화장실을 쓰긴 하지만, 일을 마치자마자 후다닥 돌아온다. 며칠 내내 비가 계속되면 창문 앞에 앉아 한껏 불만스러운 표정을 짓는다.

큰 나무 아래에 웅크리고 앉아 비가 잦아들기를 기다리자니, 푸가 내 무릎 밑으로 파고든다. 저도 비를 피하려는 모양이다. 하지만 비는 그칠 줄 모르고 계속 내렸다. 온 세상의 빗줄기가 이 숲에 쏟아져 내리는 듯한 기세였다.
나뭇잎에서 똑똑 떨어지는 빗방울이 등을 적신다. 천둥소리, 그리고 세찬 빗소리와 흰 물안개가 주위를 가득 채웠다.
푸는 내 무릎 밑에서 포장도로 위로 튀어 오르는 빗방울을 가

만히 응시한다.

빗물에 씻겨 빛나는 나무들. 산이 비를 들이마시고 있다. 나와 푸는 같은 곳을 바라본다. 미동조차 할 수 없는 이 순간이 왠지 호사스럽다.

등이 홀딱 젖었을 즈음, 비구름은 방향을 바꿔 바다 쪽으로 넘어갔다. 이윽고 빗줄기가 약해졌다. 동쪽으로 뻗은 낮은 구름 사이로 해가 비치기 시작했다. 비에 씻겨 나간 공기가 상쾌하게 느껴질 때 어디선가 애매미 울음소리가 들려온다.

맴맴, 맴맴.

멀리서 희미하게 들려오는 천둥소리에 떨면서 푸가 무릎 아래에서 기어 나왔다. 그리고 내 얼굴을 올려다본다.

이제 괜찮아, 같이 돌아가자.

삼나무 숲을 가로질러 지름길로 가면 집이 바로 코앞이다.

푸도 한눈팔지 않고 바짝 붙어 따라온다.

집에 돌아오니 고양이 네 마리가 창가에 누워 자고 있다. 수건으로 푸의 등과 흙 묻은 발을 닦아 주자, 형제자매들과 멀리 떨어진 방석 위에 자리를 잡는다. 그러고는 몸을 둥글게 말고 잠을 청한다.

"야옹" 하는 소리에 창밖을 보니, 쫄딱 젖은 히데지가 걸어온다. 털이 찰싹 달라붙어 뒷다리 근육이 한층 도드라진다.
히데지는 비가 싫지만은 않은 눈치다. 종종 이렇게 비를 맞고 돌아오곤 한다. 수건으로 물기를 닦아 주니 기분이 좋은지 눈을 가늘게 뜨고 골골거린다.

어느새 하늘이 개고 해가 높이 떠올랐다. 세찬 소나기 덕분에 식었던 공기가 다시 뜨거워진다.
애매미가 여름 끝자락을 붙잡고 마지막 울음을 운다.
맴맴, 맴맴.

고양이에게 마음 편한 곳

집 뒤편의 채소밭. 그곳 한가운데에 작은 비닐하우스가 있다. 비닐하우스 본연의 용도로는 사용하지 않고 빨래를 널거나 매실을 말릴 때 사용한다.
히데지는 비닐하우스 구석에 놓인 낡은 담요와 진흙이 말라 붙은 왕골 돗자리 위에서 낮잠을 즐겨 잔다.
밭일할 때 쓰는 외바퀴 손수레 안에서 잘 때도 있다. 그럴 때면 흙먼지를 뒤집어써 머리가 새하얘진다. 편안히 자라고 손수레에 깨끗한 타월을 깔아 주어도 그 위로는 눕지 않는다.

고양이에게 마음 편한 장소란 어떤 곳일까?
사실 청결 따위는 아무래도 좋을 것이다. 중요한 건 안전한지 그렇지 않은지의 문제이다.

푸가 책상 위의 담요보다 먼지 쌓인 식기장 위에서 자고 싶어 하는 이유가 바로 거기에 있다.
식기장 위는 집 안에서 가장 높은 곳이다. 밑에서 아무리 올려다봐도 안 보이니 시선으로부터 벗어날 수 있다. 게다가 누구도 지나다니지 않는다.

외바퀴 손수레도 마찬가지 이유다. 몸을 숨기기에 안성맞춤이라 할 수 있다. 나도 매번 깜짝 놀랄 정도니 아무도 그 안에 고양이가 있다는 걸 상상하지 못할 것이다.
낡은 담요와 왕골 돗자리를 좋아하는 이유 또한 간단하다. 비

닐하우스 한쪽 구석에 놓여 있기 때문이다. 사방이 트인 곳보다는 구석진 곳이 안정감을 주기 마련이니까.
고양이들이 비닐하우스를 좋아하는 이유는 또 있다. 겨울에도 따듯하고, 숨어 있다가 밭에 내려앉은 새를 덮치기에 딱 맞는 위치인 것이다. 그야말로 인기 만점이다.

하지만 밤에 잠을 잘 때는 역시나 집으로 돌아온다.
가장 안전하고, 안심되는 장소.
바로 우리 집이다.

고양이의 선물

채소밭에서 푸를 만났는데 어쩐지 얼굴이 이상하다. 입 주위가 퉁퉁 부어 있고 이중 턱이 생겨 있다. 살살 만져 보니 물이 고여 있는 것처럼 말랑말랑하다.
아파하지는 않았지만 혹시나 싶어 병원에 데리고 갔다.

수의사가 푸의 입안을 살펴보더니 웃음을 터트렸다.
"아, 벌에게 당했네요."
이런, 벌에게 장난을 걸다가 쏘인 모양이다.
고양이는 인간과 달리 벌에 쏘여도 아프지 않다고 한다. 내버려둬도 별 문제가 되지 않는다기에 그냥 돌아왔다.
시골 고양이에게는 시골의 재앙이 내리는 법이구나 싶다. 오랫동안 고양이와 생활해 온 나도 처음 겪는 일이었다. 놀랍기

도 하고 신기하기도 하다.
이튿날 되니 붓기가 완전히 가라앉았다. 언제 그랬냐는 듯 말짱하기만 하다.

벌뿐만이 아니다. 여름은 벌레의 계절이다.
시골에 사는 이상 어떻게든 벌레와 공존할 수밖에 없다. 아니, 정확히는 공존이 아니라 벌레의 존재를 부정하지 않고 각자 살아간다고 할까?

그런데 우리 집에는 벌레와 각자 살아가기는커녕 기호 식품으로 여기는 동거인이 여섯 있다. 여름철 산속에서는 가지각

색의 벌레를 만날 수 있다. 때문에 녀석들은 밤낮없이 벌레를 물고 돌아온다.
메뚜기, 매미, 거미, 나비, 잠자리, 사마귀.
한밤중에 창문을 열고 벌레를 돌려보내고, 또 돌려보내다 귀찮아져서 나중에는 곤충 채집통을 샀다. 그 안에 벌레를 다 집어넣고 아침까지 내버려 두기로 했다.
고양이들은 플라스틱 채집통을 둘러싼 채 앞발을 휘두르고 덮개를 물어뜯는다.
어릴 적 여름 방학 숙제로 곤충 채집을 했던 일이 떠오른다. 고양이를 고용했더라면 순식간에 해결했을 텐데.
이듬해 여름부터는 벌레를 물고 오지 않게 되었다. 벌레가 흔해도 너무 흔해서 질렸나 보다.

좀처럼 질리지 않는 것도 있다. 바로 날아다니는 새.
고양이는 지독한 변덕쟁이지만 사냥할 때만은 참을성이 강하다. 비닐하우스 그늘에 몸을 숨긴 채, 새가 자신의 범위에 들어올 때까지 가만히 기다린다. 그리고 기회를 노려 신속하게 숨통을 끊는다.
우리 집 고양이들은 작은 참새부터 큰 꿩까지 그때그때 다른 종류의 새를 물고 돌아온다. 개중에는 아직 살아서 날개를 퍼

덕이는 경우도 가끔 있다.

왜 사냥물을 가지고 돌아올까? 주인에게 칭찬받기 위해서라는 둥 새끼 고양이에게 먹이기 위해서라는 둥 다양한 설이 있다. 헌데 우리 집 고양이들은 포획물을 양보하는 법이 없다. 형제자매는 물론이요, 주인에게도 넘겨주지 않고 책상 아래나 부엌 구석으로 가지고 간다. 도망갈 길을 막고 마음껏 가지고 놀려는 속셈으로밖에 보이지 않는다.
이런 경우 고양이째로 들어 밖으로 내보낸다. 꽉 물고 절대 놓으려 하지 않으니 어쩔 수 없다. 그러면 신기하게도 두 번은 물고 오지 않는다.

녀석들은 사냥감이 움직이지 않으면 곧바로 흥미를 잃는다. 그대로 내동댕이치기도 하고, 작은 새일 경우에는 아작아작 소리를 내며 한순간에 먹어 치우기도 한다. 고양이도 어엿한 맹수임을 실감케 하는 순간이다.
이럴 때면 일일이 생선 가시를 발라내고 먹이던 내 수고가 헛되게 느껴지곤 한다.

집에서는 잠만 자는 뚱뚱보 시마 형. 그래도 할 때는 한다

장녀 치도 새 사냥에 성공!

넓은 화장실

고양이들에게 자유 외출을 허락한 뒤 나는 곧장 화장실을 만들었다. 서두르지 않으면 채소밭이 고양이 전용 화장실로 쓰이게 될 터였다. 장소는 백일홍이 핀 마당 한쪽 구석. 고양이 문을 나서면 바로 보이는 곳이다.

가로 2미터, 세로 4미터 정도의 구역을 정하고 괭이로 흙을 골라 부드럽게 만들었다. 그리고 그 위에 다 사용한 화장실 모래를 덮고 냄새를 묻혀 유인해 올 작전을 세웠다.

그런데 냄새를 묻힐 것까지도 없었다. 괭이질을 하는 족족 화장실 이용자들이 모여 들었다. 부드러운 흙에 기분이 좋은 모양이다.

씨를 뿌리기 위해 흙을 갈아 둔 채소밭도 노리지만, 그럴 때는 조릿대 같은 잔가지들을 가득 쌓아 놓으면 된다.

개와는 달리 산책 중에는 볼일을 보지 않는다.

자유롭게 외출을 하게 된 뒤로 집 안에 있는 화장실은 거의 사용하지 않는다. 폭풍우가 휘몰아치지 않는 이상, 눈이 오든 비가 오든 다들 밖에서 볼일을 본다.
잘 자던 고양이가 벌떡 일어나 고양이 문으로 빠져나가더니 3분 후 "시원하다!"라는 얼굴로 돌아온다.
비를 맞으면서도 백일홍 뒤에 앉아 힘을 주고 있는 모습을 보고 있자면, 왜 그렇게 밖이 좋은 건지 궁금해진다. 개방감 때문일까, 잠자리와 떨어진 곳이 좋아서일까? 어쨌거나 주위에

인가가 없는 산속이 아니었다면, 이런 자연 친화적인 화장실은 만들지 못했을 것이다.

푸른 하늘 아래에서 볼일을 보고 흙을 삭삭 덮는다.

아, 시원하다.

고양이와 유기농법

시골에서 살려면 풀베기를 안 할 수 없다.

우리 집에서 이웃집까지 약 300미터, 그리고 산꼭대기 공원까지는 약 350미터다. 그냥 내버려 두면 억새풀이 무성하게 자라 길을 막아 버린다.

작업복을 입고, 장화를 신고, 익숙지 않은 손놀림으로 제초기를 민다.

위잉, 위잉.

풀베기는 생각보다 고된 작업이다. 결국 시작한 지 30분 만에 쉬기로 했다. 어쩔 수 없는 체력의 한계다.

신선한 풀 냄새를 만끽하며 물통에 담긴 찬 녹차를 마셨다.

그런데 문득 보니, 저 멀리 시마시마와 히데지가 서 있다.

“이리 오렴.”
두 마리는 제초기가 멈춘 것을 확인하더니 내 쪽으로 걸어왔다. 풀 냄새가 신기한지 연신 코를 킁킁거린다.

집 밖에서 일을 할 때면 언제나 고양이가 나타난다.
딱히 뭔가를 하진 않지만 흥미로운 듯 내 손에서 절대 눈을 떼지 않는다. 잔소리를 하지 않는 현장 감독들이다.
“고양이 손이라도 빌리고 싶다”라는 속담이 있다. 오죽 도움이 안 됐으면 이런 말이 다 생겼을까.
하지만 꼭 무언가를 해 줄 필요는 없다.
도와주면서 이러쿵저러쿵 말이 많은 인간보다, 아무런 도움도 되지 않지만 조용히 지켜봐 주는 고양이와 있는 쪽이 편할 때도 있다.

이곳에서는 1년에 세 번, 사람들이 함께 모여 풀을 벤다. 골인지점은 바로 우리 집이다.
집 주변의 풀은 내가 어떻게든 할 수 있지만, 시내로 이어지는 2킬로미터 남짓한 길은 혼자 힘으론 벅차다. 그래서 마을 사람들 모두가 도와준다.

어느 해 여름 풀베기를 마친 사람들에게 수박을 대접한 적이 있다. 수박 껍질과 씨는 야외 고양이 화장실에 버렸다.
그랬더니 이듬해 커다란 수박이 열 통이나 열렸다.
물은 빗물이, 비료는 고양이의 분뇨가 대신한 것이다. 자연과 고양이의 합작품인 셈이다.
진정한 유기농법이란 바로 이런 게 아닐까.

싸우는 수컷들
-영역 다툼

인가가 두 채뿐인 이 산에는 우리 집 고양이 여섯 마리, 매형의 농장에 사는 고양이 두 마리, 300미터 떨어진 이웃집에서 키우는 고양이 한 마리 이렇게 총 아홉 마리의 고양이가 산다. 농장에 사는 고양이는 에리카와 아마도 에리카의 친척일 할머니 고양이다.
야생의 세계에서 수컷은 한곳에 머물지 않고 사랑을 찾아 여행을 떠난다. 그리하여 고양이 집단은 모계 가족을 이루게 된다.

우리 집 고양이들이 나타나기 전, 이웃집 '시나오'는 이 산의 유일한 수컷 고양이었다. 녀석은 히데지보다 한층 우락부락하게 생겼고, 히데지 이상으로 강하다. 시나오와 딱 한 번 싸웠던 히데지는 그만 꼬리를 물리고 말았다.

얼굴의 상처는 정면 승부의 증거지만, 꼬리를 물린 건 말 그대로 '꼬리를 말고 도망갔다'는 뜻이다. 형제들 중에서는 가장 강한 히데지도 멧돼지나 오소리가 사는 산에서 영역을 지켜 온 시나오는 이길 수 없었나 보다.
자신의 힘을 충분히 보여 줬다고 생각했는지, 그 뒤로 시나오는 우리 집 근처에 나타나지 않았다.

하지만 영역 싸움은 아직 끝나지 않았다.
이렇게 외진 산에도 일 년에 한두 번, 떠돌이 고양이가 흘러들어 온다. 따지고 보면 시마시마와 쿠츠시타도 그런 떠돌이 고양이와 에리카 사이에서 생긴 아이들일 것이다.
한 번은 쿠츠시타와 똑같이 생긴 수컷 고양이를 귤 창고에서 본 적이 있다. 어쩌면 그 고양이는 쿠츠시타 남매의 아버지고, 에리카를 만나러 다시 찾아온 걸지도 모른다.

떠돌이 고양이가 모습을 드러내면 우리 집 수컷들은 직접 마중을 나간다. 중성화 수술을 했다지만 남자는 남자. 본능이 눈을 뜨는 것이다.
"우우", "우오" 하고 으르렁대며 며칠을 서로 노려보다가, 떠돌이 쪽이 먼저 모습을 감추는 경우가 많다.

그런데 시마 형은 장남이라 그런지 대항 의식이 강해 큰 싸움으로 번질 때가 있다.
시마 형의 체중은 6킬로그램으로 히데지와 엇비슷하다. 하지만 히데지와는 달리 근육이라곤 없고 전부 살이다. 발도 느리고 금방 지친다. 싸우려는 의지는 가득하지만 별로 강해 보이지 않고, 실제로도 강하지 않다.

어느 가을 초, 젊고 혈기 왕성한 검은 고양이가 산에 나타났다. 얼마 지나지 않아 시마 형이 너덜너덜한 모습으로 돌아왔다. 낡고 헤져 깃털이 숭숭 빠진 패딩 점퍼 같은 꼴이었다. 서둘러

일전을 벌이고 온 모양이었다.
으르렁대는 소리가 들렸던 귤 창고 주변을 둘러보니, 시마 형의 잿빛 털 뭉치가 여기저기 떨어져 있었다. 하지만 검은 고양이의 털은 보이지 않았다. 적은 전혀 피해를 입지 않은 것이다.

그걸로 다 끝났다고 생각했는데 아니었다. 다음 날도 귤 창고에서 수컷들의 울음소리가 울려 퍼졌고, 시마 형의 가슴에는 할퀸 상처가 남았다. 병원에 데리고 갔더니 항생제 주사를 놓고는 상처를 핥지 못하게 엘리자베스 칼라도 둘러 주었다. 엘

리자베스 칼라를 두른 시마 형의 모습이 꼭 목도리도마뱀 같다. 나는 집에 돌아오자마자 풀썩 쓰러지듯 눕는 녀석을 보며 이번에야말로 패배를 인정한 줄 알았다.

그런데 새벽 2시, 날카로운 울음소리가 캄캄한 산속에 울려 퍼졌다. 눈을 떠 보니 시마 형이 없다.
소리는 귤 창고와 반대 방향인 농장 쪽 골짜기에서 들려오고 있었다. 그곳을 향해 발걸음을 서둘렀지만 소리가 중간에 끊기는 바람에 되돌아올 수밖에 없었다. 그리고 잠시 후 시마 형이 돌아왔다. 뒤집힌 엘리자베스 칼라를 망토처럼 걸친 채 시무룩하게 앉아 있는 시마 형. 새로운 상처는 없었다.

이 넓은 영역 중 어느 한 군데는 다른 고양이에게 양보해도 좋으련만. 말해 봐야 소용없는 일이다. 일단은 상처가 나을 때까지 외출 금지령을 내렸다. 그리고 물총을 들고 나가 치열한 접전 끝에 검은 고양이를 쫓아냈다.
시간이 지나고 다시 밖으로 나갈 수 있게 된 시마 형은 아무래도 이렇게 생각하는 얼굴이었다.
"결국 놈이 도망갔군. 내가 해치웠어."
싸움을 할 때마다 이기는 법이 없고 동생인 히데지에게도 지

남자라면 질 것을 알면서도 싸워야 할 때가 있는 법

매번 지면서도 늠름한 표정으로 다음을 기약하는 우리 집 장남

는 시마 형. 가끔은 겁쟁이 쿠츠시타마저도 대들 때가 있다.

가끔 나타나는 야생 고양이는 스쳐 지나가는 방랑자이다. 내버려 두면 언젠가는 떠날 텐데, 경비 대장 시마 형과 힘센 히데지는 물론이고 겁쟁이 중의 겁쟁이인 쿠츠시타까지 모기 같은 소리로 울며 집 가까이 오지 못하게 한다.
결투는 언제나 일대일이다. 삼 형제가 적을 둘러싸고 동시에 공격하는 일은 없다. 본받을 만한 훌륭한 기사도 정신이다.

여자들은 그런 남자들의 모습을 힐끗 보기만 할 뿐 전혀 관심이 없다. 창밖에서 "아옹, 아오옹" 하고 울부짖는 소리가 들리는데도 태연하게 낮잠을 잔다. 이 온도 차는 어떻게 설명해야 할까. 수컷과 암컷의 차이인 것만은 확실하다.
수컷 안에 새겨진 투쟁 본능. 그들은 대체 무엇을 지키려고 하는가?
그들이 온몸을 던지고 피까지 흘리며 지키는 것은 따뜻한 집과 담요가 깔린 잠자리, 하루 두 번 먹는 카리카리일까? 아니면 썩 예쁘지 않은 여동생들?

오늘도 수컷들은 순찰을 거르지 않는다. 침입자가 나타나면 경비 대장 시마 형이 곧바로 달려간다. 힘내라, 뚱뚱보.

"나는 우리 집 장남. 동생들은 내가 지킨다!"

시골 고양이의 수목장

가을에서 겨울에 걸친 시기가 찾아오면 고양이들의 기일이 돌아온다.
우리 집 동쪽에 있는 세 그루의 매화나무. 그 아래에는 도쿄에서 키웠던 고양이 세 마리가 잠들어 있다.

15년 전, 나는 고양이들의 뼈가 담긴 흰 항아리를 안고 아내의 고향인 이곳을 찾았다. 나는 장인어른에게 바다가 보이는 이 땅에 고양이들을 묻어 주고 싶다고 말했다. 그러자 다음 날 장인어른은 매화 묘목을 사 왔다.
"묘비 대신 나무를 심게. 꽃이 필 때마다 고양이들을 추억할 수 있을 게야."
매년 봄이 되고 꽃이 피면 고양이들과의 추억과 함께 장인어른이 떠오른다. 지금은 하늘로 떠나고 없는 그의 웃는 얼굴이.

묘목을 심었을 당시에는 주변 나무들의 키가 모두 작았다. 언덕 위에 서면 나무들 위로 푸른 스오나다 바다와 배가 보였다. 그 뒤로 매화나무는 쑥쑥 자랐다. 새 줄기가 뻗고 잎이 무성해지더니 어느새 높이가 5미터가 넘었다. 그리고 봄이 코앞까지 다가오면 꽃을 피운다. 하늘 가득히, 하얗고 가련한 꽃을.

여름의 발자국 소리가 장마철 흐린 하늘 저편에서 들려오는 6월. 가지가 휘도록 매실 열매가 열린다. 대나무 장대로 나무를 두드려 열매를 떨어뜨린 후, 매실주를 담그거나 매실 장아찌

를 만든다.

그런 내 모습이 재미있어 보이는 모양이다. 내가 열매를 딸 때마다 시마시마와 다른 고양이들은 나무를 타고 올라와 나뭇가지 위를 이리저리 뛰어다닌다.

이 녀석들, 너희 선배님이 여기 잠들어 있다고.

그럴 때면 어쩐지 잠들어 있는 고양이들이 아이들과 함께 까불며 장난치고 있는 듯한 기분도 든다.

나와 이 장난꾸러기 아이들의 시골 생활을 지켜보고 있나 보다.

어리광 부리는 방법

서늘한 가을바람이 불어오기 시작한다. 이맘때가 되면 고양이들은 사람의 무릎 위로 올라온다. 고양이가 여섯 마리나 있으니 응석 부리는 방법도 가지가지다.

장남인 시마 형은 말없이 책상 위로 뛰어오른다. 그리고 사람과 컴퓨터 키보드 사이에 거대한 몸을 누인다.
"좀 쓰다듬어 봐"라는 듯한 얼굴. 밀어도 꿈쩍 않는 모습이 마치 산 같다.
등을 어루만져 줄 때의 반응은 매번 다르다. 기분이 좋으면 눈을 가늘게 뜨고, 마음에 차지 않으면 "거기가 아냐"라며 눈을 반만 뜨고 흘겨본다.

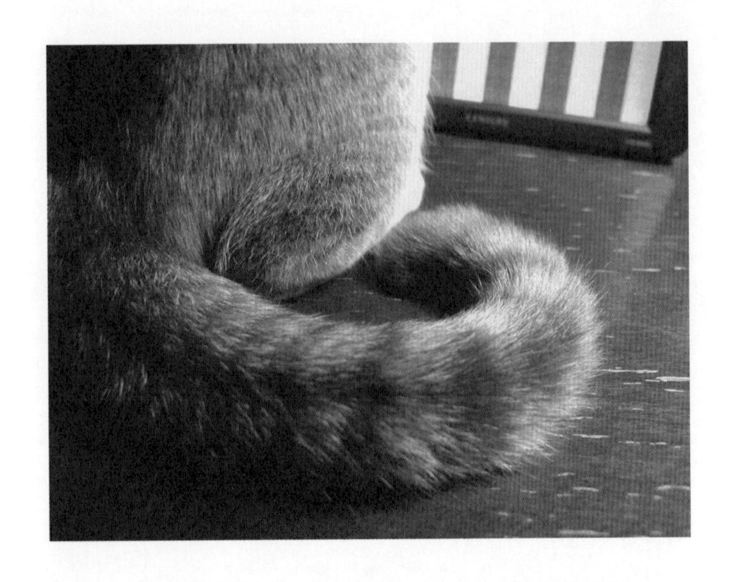

차남 히데지와 장녀 치는 앉아 있는 내 발치로 달려들며 캬! 하고 크게 운다. 사람의 말로 해석하자면 "쓰다듬어 줘"가 아니라 "당장 쓰다듬어!"에 가까운 느낌이랄까.
등을 돌린 채 안 들리는 척해 보기도 했다. 그럼 히데지는 몸을 쭉 펴고는 "야옹" 하고 울며 오른쪽 앞발로 내 등을 톡톡 두드린다.
치는 마구잡이로 내 무릎 위로 뛰어올라 와 골골 소리를 낸다.

차녀 푸는 자기주장이 서툴다. 책상으로 올라오기는 하지만,

어떻게 어리광을 부려야 할지 모르겠다는 얼굴로 앞발을 모은 채 앉는다. 그러고는 일하는 내 손을 물끄러미 바라본다.
"슬슬 올라가 볼까?" 하고 앞발을 내밀기에 어서 오라며 무릎을 내주었다. 그랬더니 갑자기 마음이 바뀌었는지 들었던 앞발을 다시 거둔다. 한참을 망설이면서도 한쪽 발은 무릎 위에 올려놓았기에 푸의 엉덩이를 끌어당겼다. 어찌어찌 무릎에 앉히기는 했지만 편히 있지를 못하고 꼼지락거린다.
이런 사양하는 듯한 태도를 보이는 고양이는 몹시 드물다. 푸의 매력이기도 하다.

삼남 쿠츠시타.
가장 겁쟁이라 그런지 어리광을 부릴 때도 언제든지 발뺌하려는 모습이다. 살그머니 발치에 숨어들어 내 얼굴을 올려다보다가, 눈이 마주치면 잽싸게 등을 돌린다.
처음에는 왜 등을 돌리는지 이유를 몰랐다. 알고 보니 안아 올려 주기를 기다리는 것이었다. 영차 하고 들어 올려 어루만지면 버터가 녹듯 흐물흐물 녹아내린다. 골골대며 목을 울리기도 한다.

막내 시마시마는 무릎 위로 갑자기 뛰어올라 온다.

우리 집 아이들 중 가장 몸집이 작고, 머리도 작다. 그래서인지 복잡하게 생각하지 않는다. 요구와 행동이 늘 단순하고 명쾌하다.
머리 크기는 비록 히데지의 반밖에 되지 않지만, 그만큼 목이 길어 잘 뭉치는 모양이다. 목 뒤를 살살 긁어 주면 네 다리를 쭉 뻗으며 늘어진다.

시마시마와 쿠츠시타는 무릎 위에 올라와서는 꼭 내 쪽으로 엉덩이를 향하고 앉는다. 얼굴을 보려고 안아 올리면 싫어하는 티를 내며 외면한다.
처음에는 조금 서운하기도 했다. 하지만 들고양이에게 있어서 적에게 등을 보인다는 건 몹시 위험한 일이다. 그럼에도 인간에게 뒷모습을 허락하는 것은 들고양이 출신인 남매가 나를 믿는다는 증거일지도 모른다.

고양이들은 늘 마음 내키는 대로 살아간다. 그렇다고 해도 인간을 필요로 하지 않는 것은 아니다. 먼저 어리광을 부리며 안겨 오는 때도 있다.
다만 집중하지 않으면 안 된다. 특히 푸나 쿠츠시타처럼 소극적인 아이들이 보내는 신호는 미약해서 쉽게 알아차리기 힘

들다.

우리가 고양이를 어루만지며 마음의 평온을 찾는 것처럼, 고양이도 인간의 손길에서 따스함과 관심을 느끼고 싶을 것이다. 사랑은 받기만 해서는 안 된다. 주기도 해야 하는 법이다. 그들이 어리광을 부리려 할 때 전적으로 응해 주자. 그게 바로 고양이와 사이좋게 지내는 비결이다.

고양이들을 위해 벽에 구멍을 뚫다

석산이 피는 9월 말. 한가을의 냉기가 느껴지는 시기다.
여름 동안 고양이들은 방충망에 달린 간이 출입문을 통해 자유롭게 오고 갔다. 하지만 슬슬 추위 때문에 아침저녁으로 창문을 열어 두고 있기가 힘들어졌다. 밤에는 창문을 닫든지, 정식으로 출입문을 만들든지 양자택일을 해야 한다.
밤새 고양이들을 가둬 둘 수는 없는 노릇.
그래서 벽에 구멍을 뚫기로 했다.

구니사키에 와서 알게 된 I씨에게 작업을 부탁했다.
야마나시현에서 살다가 이사 온 I씨는 혼자 힘으로 집을 지은 굉장한 사람이다. 그는 내 이야기를 듣더니 간단한 일이라며 흔쾌히 받아들였다.

벽 안의 지지대를 자르면 큰일 나므로 벽을 몇 번씩 두드려 가며 신중하게 장소를 결정했다. 이윽고 I씨가 전동 드릴을 들더니 망설임 없는 과감한 손길로 벽에 직사각형 구멍을 냈다. 그 다음은 내가 해야 할 일. 베니어합판을 삐뚤빼뚤 자르고, 붙이고, 처덕처덕 페인트칠을 하고, 방수 작업도 했다.
고생 끝에 고양이 출입문(수입품이다) 달기를 마쳤다.

방충망에 달려 있던 문은 밀폐용 식기 같은 반투명 재질이었다. 허나 이번에는 경화 플라스틱제라 완전히 투명하고 비쳐 보인다.
고양이들은 새로운 출입문을 보자마자 사용법을 알아냈나 보다. 전과 마찬가지로 유유히 문을 열더니 밖으로 나간다.
그런데 뭔가 좀 이상하다. 차남 히데지 혼자 우뚝 서서 꼼짝하지 않는다. 그뿐만이 아니라 송곳니를 드러내고 "하악" 소리를 내기 시작했다.
히데지, 대체 누구랑 싸우고 있는 거야?
자세히 보니 히데지는 출입문에 비친 자신의 험상궂은 얼굴을 향해 으르렁대고 있었다. 우우. 하악. 캬옹.
이 녀석아, 그 험상궂은 고양이는 바로 너야.

그래, 그렇구나.
고양이는 자기 얼굴을 모르는 것이다. 그러니 외모와 관련된 고민을 하지 않고도 살아간다.
우리 집 고양이들은 그렇게 예쁘지도 못나지도 않고 다들 고만고만하다. 그런 형제자매 사이에서 자란 히데지는 자기도 그와 비슷하게 생긴 줄 알았던 것이다.

히데지, 그건 큰 착각이란다.
여태껏 비밀로 해 왔지만 사실 너는 다른 아이들보다 배는 우락부락한 얼굴이야. 새끼 고양이 시절부터 쭉 그래 왔어.
하지만 나는 알고 있지.
형제자매 중에서 네가 가장 상냥한 마음을 가지고 있다는 걸.
밖에서 데려온 시마시마와 쿠츠시타를 제일 먼저 핥아 주고, 가족으로 받아들여 주었잖아. 피로 이어지지 않은 두 마리를 지금도 매일 핥아 주는 건 너뿐이야.
의외로 어리광도 잘 부리지. 밤에는 내게 착 달라붙어 자잖아.

사람도 고양이도 겉모습이 다가 아니야.
그러니까 히데지, 문에 비친 자기 모습을 보며 이를 드러내는 일은 그만두자.

그 후 아내가 출입문에 고양이 무늬 시트지를 붙였다. 순전히 히데지를 위해서였다. 험상궂은 고양이가 문에 비치지 않자 히데지도 문을 오갈 수 있게 되었다.
잘됐구나, 히데지.

새벽녘 무렵의 기온이 하루가 다르게 떨어져 간다.
그래도 이제 안심이다. 벽에 만든 새 고양이 출입문 덕분에 창문을 닫을 수 있다. 천만다행이다.
우리 집은 고양이들의 발이 흙투성이여도, 온몸이 비에 흠뻑 젖어도 들어오지 못하게 하는 법이 없다.
사람이 외출한다고 해서 집 안에 가두지도 않고 밤이라고 해서 문을 잠가 두지도 않는다. 하루 온종일 들락날락할 수 있다.

우리 집은 고양이를 기르는 게 아니다. 사람과 고양이의 생활 영역 일부가 겹친 채, 함께 살아가는 것이다.

눈 오는 날의 산책

아침에 눈을 뜨니 세상이 온통 새하얀 눈으로 덮여 있다. 눈 쌓인 마당에는 벌써 고양이 발자국이 점점이 뿌려져 있다.
눈이 10센티 정도 쌓인 걸 보니 과연 이런 날도 산책을 따라올까 싶었다. 하지만 괜한 생각이었다. 모두 평소처럼 출입문을 밀고 나오더니 졸졸 뒤따라온다. 차도 다니지 않고 사람도 보이지 않는 눈길. 그 위에 나와 고양이 여섯 마리의 발 도장이 찍힌다.
언덕길 위에서 집을 내려다보니, 지붕에 쌓인 눈에도 이미 누군가 걸어간 발자국이 남아 있다.

시마시마와 쿠츠시타는 이미 밖에서 겨울을 지낸 바 있어 눈이 익숙할 것이다. 하지만 공원에서 주운 사 남매는 지난겨울을 실내에서 보냈다. 네 마리에게는 이 모든 게 처음이었다. 망설임 없이 눈을 밟으며 걷는 고양이들. 흰 들판 위를 가로지르며 술래잡기도 하고, 날아오르듯 점프도 한다.
고양이 발바닥은 냉기에 둔감한 걸까? 누구 하나 추운 기색이 없다. 그래도 걱정이 되어 산꼭대기 공원까지 가지 않고 중간에 돌아왔다.

귀가한 후에도 이따금씩 밖으로 나가 눈 위에 엉덩이를 내려 볼일을 보기도 하고, 집 주위를 뛰어다니기도 한다. 머리끝부터 눈을 뒤집어쓰고도 추워하지 않는다.

고양이 출입문 옆에 둔 온도계가 영하 2℃를 가리킨다.
집으로 돌아온 고양이들이 난로 곁에 모여든다. 눕기도 하고 앉기도 하며 온기를 취한다.

집단 감염 사건

눈이 내린 지 며칠이 지났다.
추운 날씨도 아랑곳 않고 다들 신나게 논다 싶더니, 아무래도 도가 지나쳤던 것 같다.
시마시마가 재채기를 했다. 그 바람에 곁에서 자던 히데지가 침이며 콧물을 머리부터 몽땅 뒤집어썼다.
그것이 모든 일의 발단이었다.
히데지가 갑자기 대량의 침을 줄줄 흘리기 시작했다.

병원을 몇 군데 찾아다닌 뒤에 고양이칼리시바이러스 감염증이라는 진단을 받았다. 이른바 '고양이 감기'다. 감기라고 하니 별것 아니게 느껴지지만, 심해지면 입에 궤양이 생기거나 폐렴으로 진행될 수도 있다. 새끼 고양이의 경우 죽음에 이르

기도 한다.
일단 고양이 출입문을 걸어 잠갔다. 그리고 방 한쪽 구석에 격리시켰지만 때는 이미 늦었다. 이튿날부터 푸, 시마 형, 치 순서로 재채기를 시작했다.

곧장 셋을 동물병원에 데리고 가 면역력을 높이는 주사를 맞혔다.
주사 덕분인지 치는 별일 없이 지나갔다. 하지만 푸와 시마 형은 히데지와 증상이 똑같았다. 첫날에는 재채기를 하고 둘째 날에는 침을 줄줄 흘리더니 셋째 날에는 목이 부어 하루 종일 입을 벌리고 있는 상태로 점점 악화되었다.
상태가 심각한 히데지부터 케이지에 넣고 격리시켰다. 바닥에 깐 수건이 침 때문에 흠뻑 젖어 몇 번이나 바꿔 주었다.
목이 아프니 밥도 먹지 못했다. 고민 끝에 사료를 개어서 코에 발라 주었다. 이렇게 하면 이물감 때문에 스스로 코를 핥아 먹게 된다. 하지만 이 방법으로는 필요한 양을 먹이는 데 한 마리당 한 시간은 족히 걸린다.

시마시마와 쿠츠시타는 아무렇지 않다. 들고양이 시절에 이미 감염되었기 때문에 보균 상태가 된 것 같다.

병을 옮긴 본인이 정작 멀쩡한 셈이다.

아픈 고양이를 간호하는 건 이번이 처음이 아니다. 하지만 침을 흘리며 입으로 호흡하는 모습이 유독 괴로워 보여, 어쩔 줄 몰라서 허둥지둥하기만 했다.
반면 아내는 납작 엎드린 채 한 시간이고 두 시간이고 갠 사료를 코에 발라 준다. 그런 뒤 먹은 양을 기록한다. 과연 어머니는 강하다.

세 마리의 상태가 시간차로 악화되는 바람에, 연이어 6일간

병원을 오갔다. 어떤 날은 오전과 오후로 나눠 하루에 두 번 가기도 했다.

병원을 찾은 지 5일째 되는 날에는 대기실이 사람들로 가득했다. 차례가 되려면 앞으로 두 시간은 기다려야 했다. 집에서 병원까지는 차로 40분 거리. 왔다 갔다 하기보다 기다리는 편이 낫겠다 싶었다.
그렇다고 병원 안에 바이러스를 퍼트릴 수는 없어 주차장에 세워 둔 차 안에서 시마 형과 푸를 달래 가며 기다렸다.
처음에는 "들고양이와 함께 키우는 거니 이 정도는 각오해야 합니다."라고 말하던 수의사와 접수처의 직원도, 매일같이 병원을 드나드는 나를 보더니 "큰일이네요. 기운 내세요."라고 말했다.

주운 직후 예방 접종을 받았던 덕분에 시마 형과 푸는 궤양이나 폐렴으로 악화되지는 않았다. 일주일이 지나자 혼자 힘으로 밥도 먹을 수 있게 되었다.
가장 튼튼한 줄 알았던 근육질 히데지는 다른 아이들보다 회복이 늦었다. 시마시마의 재채기가 강렬했던 탓일까? 어쩌면 덩치가 큰 만큼 낫는 데도 시간이 배로 걸렸는지도 모른다.

칼리시바이러스에 감염됐다. 목이 아파 하루 종일 입을 벌리고 있다

의외로 근육맨 히데지의 회복이 더디다. 그런 히데지를 돌보는 시마시마

아내가 손가락에 밥을 찍어 먹인 기간은 이주일 정도였다. 나중에 가서는 손가락이 아플 정도로 핥아대고 더 달라고 졸랐던 걸 보면, 혼자 먹을 수 있는데도 응석을 부린 것 같다.

세 마리가 다 낫고 나서도 일주일은 외출을 금지시켰다. 만약을 위해서였다.
한편 건강한데도 줄곧 갇혀 있었던 치와 시마시마는 밖으로 나가고 싶어 잠긴 고양이 출입문을 득득 긁었다. 하지만 큰 판자로 문을 가리니 곧 얌전해졌다.

그리고 다른 아이들보다 배로 겁이 많은 쿠츠시타. 지난 이삼주 동안 무슨 일이 일어나는지도 모른 채 줄곧 의심과 불안에 시달렸던 모양이다. 당연한 일이다. 문도 닫혀 있고 나갈 수도 없었으니 말이다.
오들오들 떨며 혼자 방구석에 숨어 있는 쿠츠시타에게 다가갔다. 목덜미를 쓰다듬자 목을 울리며 흐늘흐늘 녹아내린다.
그동안 쓸쓸했구나.

외출 금지령을 내린 지 20일이 지난 아침. 닫혔던 고양이 출입문이 다시금 활짝 열렸다.

고양이들은 히데지를 선두로 차례차례 문을 빠져나갔다.

다들 약속이나 한 것처럼 양옆을 두리번거리고, 코를 킁킁대고, 펄쩍 뛰어 밖으로 뛰쳐나간다.

두리번두리번, 킁킁, 펄쩍. 마지막은 쿠츠시타였다.

오랜만에 마당으로 나온 남자아이들은 제일 먼저 풀숲에 마킹부터 한다. 그리고 다 같이 집 주위를 돌아다니더니 만족한 얼굴로 돌아와 낮잠을 즐겼다.

겁쟁이로 태어난 고양이

우리 집에서 가장 겁 많은 고양이, 쿠츠시타.
겁이 많은 탓에 도무지 이동 가방에 들어가려고 하지 않는다. 자연히 중성화 수술도 미뤄지는 중이었다. 다른 아이들이 감기에서 회복될 무렵, 바로 이때라는 생각이 들었다. 나는 단잠에 빠진 쿠츠시타를 세탁 망으로 씌워 병원에 데리고 갔다.

"겁이 많아요. 꺼내면 도망칠 테니 수술 전까지 이대로 두는 편이 나을 거예요."
"음, 그래도 일단 얼굴을 볼까요?"
그렇게 말하고 수의사가 세탁 망의 지퍼를 열었다. 그러자 쿠츠시타는 진찰대 위에 납작 엎드리더니 귀를 틀어막듯 양팔로 머리를 감쌌다.

마치 고뇌하는 인간 같은 모습.
"고양이가 이런 자세를 하는 건 처음 보네요……."

나도 처음 봤다.
의사가 쿠츠시타의 머리를 꽉 잡고 들어 올려 얼굴을 보려고 했다.

캬아아아아앙!
와당탕, 쿵쾅.

컴퓨터로 뛰어오르고 의료 도구가 놓인 선반에 발길질을 한

다. 이어서 사방을 둘러싼 진찰실 벽을 한 번씩 들이받고 나서야 간신히 움직임을 멈췄다. 그러더니 주르륵 코피를 쏟는다.
이 모든 게 10초 만에 벌어진 일이다. 그러는 동안 의사와 병원 직원은 바닥에 쏟아진 메스와 주사기를 대수롭지 않다는 듯 회수했다. 과연, 감탄할 만한 냉정함이었다.
최종적으로 녀석이 도망친 장소는 컴퓨터 모니터와 벽 사이였다. 좁은 틈 사이에 끼어 옴짝달싹 못하는 쿠츠시타를 세 사람이 달라붙어 끄집어냈다.

저녁 무렵에 다시 병원으로 가 쿠츠시타를 데리고 왔다. 혹시 인간 불신에 사로잡혔으면 어쩌지 걱정했는데, 집에 오자마자 비틀대며 아내에게 간다. 그러더니 무릎에 찰싹 달라붙어 잠들어 버렸다.

그로부터 한 달 뒤, 이번에는 예방 접종의 날이 왔다.
기회를 엿보다가 세탁 망을 뒤집어씌워 쿠츠시타를 붙잡았다. 하지만 성공했다는 기쁨도 잠시, 차에 태우고 출발한 지 5분 만에 아차 싶었다.
목요일은 휴진일 아니던가?
안 그래도 겁쟁이였는데 이 불필요한 포획으로 인해 경계심이 최고조에 달하고 말았다.

내가 한 발자국 다가가면 2미터 물러선다. 게다가 책상 위에 둔 병원 진료 시간표를 훔쳐보기라도 했는지, 아침밥을 먹자마자 나가서는 진찰 시간이 끝나는 오후 5시까지 돌아오지 않았다.

나흘 후 아침, 드디어 틈을 보였다. 선잠이 든 쿠츠시타를 포획 망으로 잡았지만 무서웠던 나머지 그 자리에서 오줌을 싸고 말았다. 망에 들어간 채로 고양이 출입문으로 돌진하여 밖으로 도망치려고 했으나 발에 망이 걸려 넘어졌다.

간신히 진정한 쿠츠시타를 망째로 이동 가방에 넣어 차에 태울 수 있었다.

들고양이는 차에 타도 울지 않는다

고양이를 차에 태워 본 사람은 누구나 알겠지만, 녀석들은 이동 가방 안에서 큰소리로 울부짖는다.
"날 꺼내 줘! 내보내 달라고! 어디로 데리고 갈 셈이야!"
우리 집 고양이들–공원에서 주운 사 남매–도 큰 소동을 벌인 적 있다.

그런데 들고양이 출신인 쿠츠시타와 시마시마는 다르다. 차에 태워도 전혀 울지 않는다. 에리카도, 농장에 사는 할머니 고양이도 중성화 수술을 시키러 갔을 때 아무 소리도 내지 않았다. 차가 무섭지 않을 리 없을 텐데.
'소동을 부리면 더 심한 꼴을 당할 수도 있어.'
혹시 이런 생각을 하는 건지 끔찍도 하지 않는다.

그동안은 고양이가 차에 익숙지 않아 운다고 생각했다. 물론 실제로 익숙지 않은 것도 사실이다. 하지만 녀석들이 필사적으로 우는 진짜 이유는 도와 달라고 하기 위해서가 아닐까. 그렇다면 그만큼 주인을 신뢰한다는 뜻이다.

쿠츠시타와 시마시마도 집에서는 물론 야옹거리며 응석을 부린다.
하지만 마음 깊은 곳에선 사람을 믿지 않는 걸까?
야생 고양이들이 믿는 건 가족과 자기 자신뿐이다. 함부로 마

음을 주지 않는 것이 오래 살 수 있는 방법이기 때문이다.
언젠가 두 남매를 차에 태웠을 때, 눈을 치켜뜨고 불만을 토로하는 날이 온다면 그날은 기념일이 될 것이다. 내가 진심으로 신뢰받는다는 증거일 테니까.

병원에 도착한 쿠츠시타는 세탁 망에 들어간 채 주사를 맞았다. 집으로 돌아오니 이번에는 테이블 밑으로 도망간다. 그래도 그 안에 틀어박힌 채 밥은 먹기에 마음이 놓였다.
30분 후, 다시 테이블 밑을 살펴보니 사라져 있다. 그리고 다음 날이 되도록 돌아오지 않았다.
지난달부터 계속된 병원행 때문에 인간에 대한 신뢰의 끈이 완전히 끊어졌는지도 모른다.

이대로 야생에 되돌아가려는 걸까?
다음 날은 기온이 한 자리 수까지 떨어졌다. 그래도 여전히 돌아오지 않았다. 다다음 날이 되어서야 가랑비 내리는 마당에 모습을 드러냈다.
그런데 불러도 가까이 오지 않는다. 내 얼굴을 노려본 채 야옹, 야옹 하고 울기만 한다.
"이틀 동안 도망 다니느라 배가 텅 비었다고. 카리카리와 물을 여기로 가지고 와!"
이렇게 요구하는 듯했다. 아직 집으로 돌아오기가 겁나는 모양이다.

저대로 농성이라도 하려는 걸까?

야옹야옹 시끄러운 쿠츠시타에게 일단은 카리카리를 가져다 주었다.
처음에는 언제라도 도망갈 수 있도록 엉덩이를 뒤로 빼고 있

었다. 하지만 가만히 바라보고만 있었더니 슬금슬금 다가와 머리와 몸을 쓰다듬게 허락해 주었다.
나를 완전히 배신자로 여기지는 않나 보다. 정이 떨어진 게 아니라 천만 다행이다.
본인이 돌아오겠다고 마음먹기 전까지는 어쩔 수 없다. 당분간은 밖으로 카리카리와 물을 배달하기로 했다.

4일째 새벽.
아침 일찍 일어나 책상으로 가려는데 쿠츠시타가 고양이 출입문으로 살그머니 들어온다.
발소리를 죽이고 살금살금.

드디어 돌아올 기분이 된 건가 싶어 가만히 지켜보고 있었는데, 녀석은 나를 보자마자 발길을 돌리고 다시 나가 버렸다.

7일째 되던 날. 아내와 함께 외출했다 밤 9시쯤 돌아와 보니 쿠츠시타가 옷장 위에서 자고 있었다.
아직은 추운 3월 무렵이다. 오랜만의 바깥 생활에 체력도 정신력도 다했을 터다. 흔들어도, 쿡쿡 찔러도 일어나질 않는다.
어서 오렴, 쿠츠시타. 고생 많았지?

고양이 경단과 골골 소리

이불 위에서 고양이들이 서로 몸을 꼭 붙이고, 한 덩어리가 되어 자고 있다. 우리 집에서는 이걸 '고양이 경단'이라고 부른다. 기온이 내려가면 내려갈수록 고양이 경단을 볼 확률은 높아진다.
여섯 마리 고양이들이 우리 집에서 첫 겨울을 맞이했을 때는 매일같이 고양이 경단을 볼 수 있었다. 어찌나 귀엽고 사랑스럽던지.

난로 위에선 주전자가 수증기를 뿜어 올리고 있다. 그 더운 김이 창문 유리에 서린다. 별도 달도 없는 캄캄한 밤하늘에서 눈이 내리기 시작한다.
들고양이 출신인 두 마리와 산꼭대기 공원에서 주워 온 네 마

리는 난로 앞에 깔아 둔 담요 위에서 함께 자고 있다.
피도 이어지지 않았는데 무슨 인연으로 만나 이렇게 한데 뭉쳐 자고 있는 걸까.
야옹 하고 작게 잠꼬대를 하는 아이가 있는가 하면, 앞발을 뻗어 옆의 누군가를 끌어안는 아이도 있다. 사람이 그러듯 갑자기 꿈틀하고 발길질을 할 때도 있다.

혹시 내가 이곳으로 이사를 오지 않았다면 이 여섯 아이들은 어떻게 됐을까. 사냥할 만한 새도 벌레도 없고, 마실 물도 얼어붙는 이 겨울을 넘기지 못했을지도 모른다.

산속에 새끼 고양이를 버리다니 말도 안 된다. 죽으라는 말이나 똑같다.

차녀 푸가 다리를 열심히 허우적댄다. 꿈속에서 어딘가로 달려가고 있는 것 같다.
푸는 삼일 전 처음으로 작은 새를 잡아왔다.
꿈속에서 또 새를 쫓아 삼나무 숲을 달리는 중일지도 모르겠다.

때때로 나는 비현실적이고 앞뒤가 맞지 않는 꿈을 꾼다. 고양이들도 그럴까?
하늘을 날거나, 차를 운전하거나, 살아서 퍼덕거리는 물고기가 산더미처럼 쌓여 있는 꿈을 꿀까?
고양이들의 꿈에 나와 아내가 나올까? 꿈속에서도 함께 걷고, 함께 어울려 놀까?

주전자로 펄펄 끓인 물을 부어 커피를 내린다. 그 소리에 장녀 치가 눈을 떴다.
커피에 넣는 우유를 노리는 것이다. 치는 종종 이렇게 우유를 얻어먹곤 한다.

오늘 새로 발견한 공터에서 노는 꿈을 꾸는 걸까

어느새 책상 위로 올라오더니 가만히 기다리고 있다.
부드러운 백열등 조명 아래, 손을 뻗어 목덜미를 쓰다듬자 치가 골골 소리를 낸다.
말은 통하지 않아도 서로의 마음은 통하는 법이다.

치는 고집이 세고 지기 싫어하는 성격이다. 덩치 큰 오빠들이 낮잠 장소를 양보하라며 노려봐도 겁먹지 않는다. 오히려 앞발을 휘두르며 달려든다.
식사 시간이 되면 부엌까지는 달려온다. 하지만 앞다투어 밥그릇에 달려드는 형제자매들을 곁눈질로 힐끗 본 뒤, 앞발을 모으고 앉아서 기다린다. 절대 먼저 그릇에 다가가지 않는다.

"여기로 가져와."

그렇게 말하는 것처럼 등을 꼿꼿이 펴고 있으면, 결국 인간 쪽이 끈기에 져 그녀 앞까지 그릇을 가지고 간다.

그렇게 인간을 하인이나 종자처럼 부리는가 하면, 강제로 무릎으로 올라와 쓰다듬기 전부터 골골 목을 울리며 어리광을 피우기도 한다.

고양이들을 보고 있으면 아무리 핥아 주고 털 손질을 해 줘도 형제자매 상대로는 골골 소리를 내지 않는다. 그렇다는 건, 고양이의 골골 소리는 어미와 같은 대상에게 나타내는 애정 표현 같기도 하다.

먼저 키웠던 '냥'이라는 암컷 고양이가 백혈병에 걸렸을 때의 일이다. 냥은 하루가 다르게 약해지더니 결국 움직이지 못하게 되었었다.
의사가 고비라고 말한 날의 새벽녘, 냥은 축 늘어진 채 꼼짝하지 않았다. 쓰다듬어 주고 싶었지만 그랬다간 더 힘들게 할 것 같다는 생각이 들었다. 할 수 있는 일이라고는 그저 곁에서 지켜보는 것뿐. 그때였다. 냥의 작은 가슴이 아래위로 오르내리는가 싶더니, 깊은 숨을 뱉었다.
아내는 바로 바닥에 누웠다. 그리고 냥의 자그마한 코끝에 자신의 코를 가만히 가져다 댔다.
그 순간, 끊어질 듯한 호흡을 이어 가던 냥이 목을 울렸다. 눈은 꼭 감은 채였다.
골골.

냥은 그대로 잠자듯 숨을 거두었다.
고양이는 아플 때 고통을 덜기 위해서도 목을 울린다고 한다. 하지만 냥은 마지막 순간에 "고마워"라는 말을 남기려 했다는 기분이 든다.

난로에 놓인 주전자가 다시 수증기를 뿜어 올리기 시작한다.

치는 여전히 목을 울리며 내 무릎에 누워 있다.

다른 고양이들은 방석 위에 경단처럼 동그랗게 몸을 말고 숙면 중이다.

잠꼬대도 하고, 잠결에 뒤척이기도 한다.

골골. 그르릉.

기쁨의 소리가 작게 들려온다.

도시에서 멀리 떨어진 깊은 산속.

어쩌면 지금 내리는 눈은 쌓일지도 모르겠다.

길었던 밤이 밝아 온다.

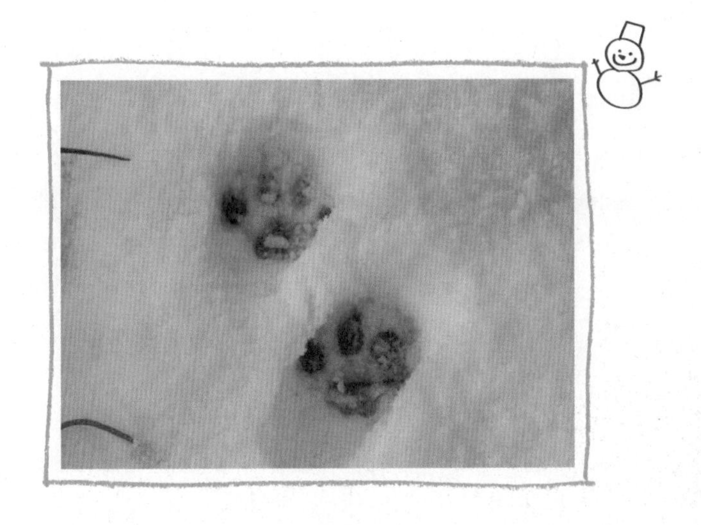

제 3 장

고양이에게 GPS를 달아 보았다

GPS를 달게 된 계기

고양이에게 외출을 허락하면 당연히 리스크도 따라온다. 다행히 이 산에는 인가가 없어 고양이들의 분뇨로 폐를 끼칠 일은 없다. 다만 걱정되는 건 고양이가 길을 잃거나 사고를 당하지 않을까 하는 점이다.

너무 멀리 가지 않도록 식사 시간이 될 때마다 '멍멍이 경찰 아저씨'를 들려주었다. 그렇게 해서 아침과 저녁 5시에는 집으로 돌아오도록 훈련시켰다.
산책을 나갈 때는 자전거용 경적을 울렸다. 경적 소리와 주인을 연관해서 기억하게 하면, 길을 잃더라도 소리를 듣고 찾아올 수 있을 테니까.
그런데 시간이 지나자 한층 더 확실한 방법이 필요하다는 생각이 들었다. 그래서 GPS를 달게 된 것이다.

계기는 바로 시마 형 행방불명 사건과 푸의 먼 외출이었다.

① 행방불명된 시마 형 ——

10월의 끝자락, 보름달이 뜬 밤. 오후 5시에 저녁밥을 먹고 나간 시마 형이 다다음 날 저녁이 되어도 돌아오지 않았다.
7월에 자유 외출을 허락한 후로 이런 일은 처음이었다. 하루 종일 돌아오지 않은 적은 있었지만 이틀, 즉 48시간을 넘긴 건 처음이었다.
주위에는 먹이를 줄 만한 다른 집이 없다. 그런고로 아무리 노는 데 정신이 팔렸어도 배가 고프면 돌아왔을 터.
혹시 돌아오고 싶어도 그럴 수 없는 상황일까?
핸드폰으로 멍멍이 경찰 아저씨를 계속 틀고, 경적을 울리며 반경 1킬로미터를 샅샅이 돌아다녔다. 하지만 시마 형은 나타나지 않았다.
이상하다. 소리가 안 들릴 만큼 멀리 가진 않았을 텐데. 그때 문득 이런 생각이 들었다.

이틀이 넘도록 어디에 있었니?

인간은 길이 나 있는 곳으로 다니지만 고양이는 그렇지 않다. 그럼 혹시 허허벌판이나 깊은 산속까지 갔다가 꼼짝 못 하고 있는 건 아닐까?

결론부터 말하자면 시마 형은 이틀 하고도 열두 시간 만에 홀연히 돌아왔다. 아직 날이 밝기도 전이었다.
신기하게도 털은 깨끗했다. 상처도 없었고 야위어 보이지도 않았다. 힘들어하거나 눕고 싶어 하는 기색도 없었다. 그냥 정신없이 밥을 먹고는 다시 고양이 출입문을 통해 나가 버렸다.

가혹한 서바이벌의 흔적이 없는 건 다행이지만 영문을 알 수 없었다. 주인이 혈안이 되어 찾아다니던 장소와 완전히 다른 곳에 있었던 걸까? 자기만 아는 비밀의 별장이라도 있나? 아니면 길을 잃고 헤매다가 운 좋게 돌아온 걸까?
다음 날 시마 형은 아무데도 가지 않고 하루 종일 쿨쿨 잠만 잤다.
대체 이틀이 넘도록 어디에 있었을까?

여섯 고양이 중 가장 말수가 적고 소심한 차녀 푸.
푸는 다 같이 산책할 때를 제외하고는 단체 활동을 좋아하지 않는다. 집에서 유유자적하고 있을 때 다른 고양이가 다가오면 "우우" 하고 울며 화를 낸다.
그러다 보니 자연스럽게 방 두 칸짜리 비좁은 집보다 밖에서 보내는 시간이 길어졌다.
'방랑 고양이'. 내가 푸에게 붙인 별명이다.

그러던 어느 날, 나와 아내가 긴 산책 코스를 걷고 있을 때였다. 저수지 근처에서 한숨 돌리다가 아무 생각 없이 손에 들고 있던 경적을 울렸다.
순간 어디선가 고양이 소리가 들려왔다.
야옹, 야옹.
계속 경적을 울렸더니 울음소리가 점점 가까워졌다. 그리곤 놀랍게도 나무 사이에서 푸가 튀어나왔다.
"푸, 혼자서 이렇게 멀리까지 왔어?"
그곳은 고양이들과 늘 산책하던 전망 공원과는 정반대 방향이었다. 물론 녀석들과 함께 온 적도 없었다.

그동안은 우리 집 아이들이 집에서 반경 200미터 이내를 벗어나지 않는 줄 알았다. 눈 위에 찍힌 발자국을 따라가 본 적도 있고, 즐겨 노는 장소도 속속들이 알고 있었으니까.
그런데 집에서 이 저수지까지의 거리는 약 700미터다.

푸는 내 다리에 몸을 비비며 한참을 재잘댔다. 평소 집에서는 전혀라고 해도 좋을 만큼 울지 않는데.
“이제 돌아갈까?”
그렇게 말하고 발걸음을 내딛자 푸가 다리에 엉겨 붙어 따라온다. 때로는 내가 앞서기도 하고 때로는 푸가 앞서기도 한다. 무슨 말을 하는 건지 내 얼굴을 올려다보며 쉴 새 없이 떠든다. 집에서는 다른 고양이들을 피해 선반 위에서 혼자 웅크리고 잠만 자던 푸가 활기차게 뛰어다닌다.
전혀 다른 고양이 같다.
녀석은 무릎 위에도 잘 올라오지 않는다. 그래서 혼자 있는 걸 좋아하는 줄 알았는데 아니었던 모양이다. 다른 아이들과 마찬가지로 놀고 싶고, 어리광도 부리고 싶었던 것이다.

그 뒤로는 저수지에 갈 때마다 경적을 울리거나 이름을 불러본다. 그러면 세 번에 한 번꼴로 숲속에서, 혹은 산 위에서 푸

늘 밖으로 나다니는 방랑 고양이

가 뛰쳐나온다.

저수지에서 집으로 돌아가는 30분 동안 푸는 나와 아내를 독점한다. 물론 형제자매들에게는 비밀이다.

이때만 해도 '이렇게 멀리까지 오다니 방랑 고양이 푸도 고생이네. 다른 아이들은 집 근처에서 노는데.'라고 생각했다…….

GPS로 알아본 고양이의 행동 범위

완전히 겨울 날씨가 된 12월의 어느 아침.
혼자 긴 산책 코스를 걷다가 고양이 토사물을 발견했다. 위장에 쌓아 두었다가 배출한 털과 반쯤 소화된 음식물. 저건 우리 집에서 주는 카리카리가 분명하다.

장소는 산꼭대기 공원과 푸가 출몰하는 저수지를 잇는 좁은 골짜기였다. 직선거리로 따지면 집에서 500미터 떨어진 곳. 구불구불한 길을 따라 오려면 1킬로미터는 족히 걸어야 한다.

시마 형이 행방불명되었을 때도 여기까지는 찾으러 오지 않았다. 이렇게 멀리 있었다면 아무리 집 근처에서 경적을 울려도 못 들었을 터다. 어떤 아이가 왔다 간 걸까? 혹시 또 방랑 고양이 푸일까?

고양이의 행동 범위는 내 생각보다 훨씬 넓을지도 모른다.
문득 녀석들에 대해 더 자세히 알고 싶다는 생각이 들었다. 그래서 GPS를 달아 보기로 한 것이다.
등산이나 사이클링을 할 때 쓰는 핸디 GPS보다도 더 작고 가벼운 '데이터 로거(실시간으로 위치를 확인하는 것이 아니라 위치 데이터를 저장하는 장치. 집으로 돌아온 후 확인할 수 있다)'가 눈길을 끌었다. 디스플레이는 따로 없지만 상관없었다.
고민 끝에 미제 데이터 로거를 샀다. AA형 건전지 정도의 크기에 무게는 건전지의 반 정도. 이거라면 고양이에게 달아 주어도 전혀 무리가 가지 않을 것이다.

사용 방법은 이렇다. 일단 충전한 뒤 스위치를 켜면 인공위성에서 위치 포착을 시작한다.
기록 간격은 약 1분. 진동 센서가 붙어 있어 고양이가 움직이지 않으면 기록되지 않으며 자동으로 저전력 모드가 된다.
100% 충전하면 5시간 정도 쓸 수 있다.
이것을 가는 케이블 타이로 묶어 'GPS 전용 목걸이'를 만든 후 고양이들의 목에 달았다.

작고 가벼운 GPS 장치. 목에 달아도 신경 쓰지 않는다

지도 데이터: Google, DigitalGlobe

고양이 전용 길 ——

먼저 방랑 고양이 푸의 낮 기록(위 사진, 빨간색 선)을 보자. 활동적인 만큼 행동 범위도 상당히 넓다. 북쪽 농장을 둘러보기도 하고, 동쪽 대나무 숲에서 놀기도 한다.

번갈아 가며 고양이들에게 GPS를 달아 보니 각자 좋아하는 놀이터가 따로 있다는 것을 알게 되었다.
또 한 가지 흥미로운 사실은, 공통되는 한 장소를 찾아갈 때

모두 같은 길로 지나간다는 것이다. 대나무 숲으로 들어가는 경우 어디로 들어가도 상관없을 텐데 대체로 코스가 정해져 있다. 자신의 냄새가 묻어 있는 길을 추적하기 때문에 제대로 집에 돌아올 수 있는 것일까.

이렇게 해서 이른바 '고양이 전용 길'이 생겨났다.
산속을 순회하는 코스가 정착된 것이다. 그리고 이 코스를 따라가다 각자 마음에 드는 스폿에 들르는 식이다.
가끔 며칠씩 돌아오지 않는 이유도 알았다. 돌발 상황이 생겨 순회 코스에서 크게 이탈하면 길을 잃고 미아가 되는 듯했다.

들고양이 영역은 출입 금지 ——

241쪽의 사진은 여섯 마리의 기록을 한데 모은 것이다. 사진 한가운데가 우리 집이다.
낮 시간 동안의 활동 범위는 반경 300미터 정도, 동서로 긴 타원형이다. 남쪽이나 북쪽으로 가려면 산과 골짜기를 넘어야 하니 자연히 이런 모양이 된 듯하다.
참고로 오른쪽 상단의 흰 부분이 매형의 농장이다. 그곳에는 에리카를 비롯한 들고양이들이 살고 있다. 그래서 더더욱 북쪽으로 가지 않는지도 모른다.
에리카와 들고양이들도 우리 집 쪽으로는 거의 오지 않으므로 자연스레 각자의 영역이 생긴 모양이다.
이제 활동 범위를 알 수 있는 데이터를 손에 넣었다. 여기에 고양이들을 부르는 경적만 있으면 고양이가 길을 잃더라도 찾아낼 확률이 높아진다.
하지만 꼭 그런 이유가 아니더라도 큰 의미가 있다. 여태껏 알 길이 없었던 고양이들의 행동반경을 시각화할 수 있게 된 것이다.

하루 두 번의 식사 시간에 GPS 데이터 로거를 달아 준다. 이렇게 해서 아침 5시부터 10시까지, 그리고 저녁 5시부터 10시까지 각각 5시간을 기록했다.

다들 밤 10시에는 돌아와 함께 잠드니 충분하다고 생각했다. 그런데 GPS 데이터 로거가 고장 나는 바람에 새 제품을 사게 됐고, 기왕 사는 김에 열두 시간 기록 가능한 것으로 주문했다. 어쩌면 한밤중에도 잠깐 나갔다 오는지 모른다. 그렇다면 어디에서 노는지 알아 두는 편이 좋다. 그런 가벼운 생각으로 새로운 GPS를 달아 주었다.

그리고 기록을 본 나는 깜짝 놀라고 말았다.

놀랍게도 고양이들은 나와 아내가 잠든 후 매번 외출을 하고 있었다. 그것도 아주 먼 곳까지.
그날부터 오후 5시에 저녁밥을 주면서 GPS를 달고, 다음 날 아침 5시에 아침밥을 주며 회수했다. 좌표는 1분 간격으로 설정했다.
그리고 4일째 되던 날, 고양이 네 마리가 남긴 기록을 통해 녀석들의 행동 패턴과 공통점을 확신하게 되었다.
원정 활동을 개시하는 시각은 오전 0시 30분에서 2시 사이, 즉 사람이 잠든 후다. 밤사이 걷는 거리는 약 4킬로미터. 이건 어떤 고양이든 마찬가지였다.

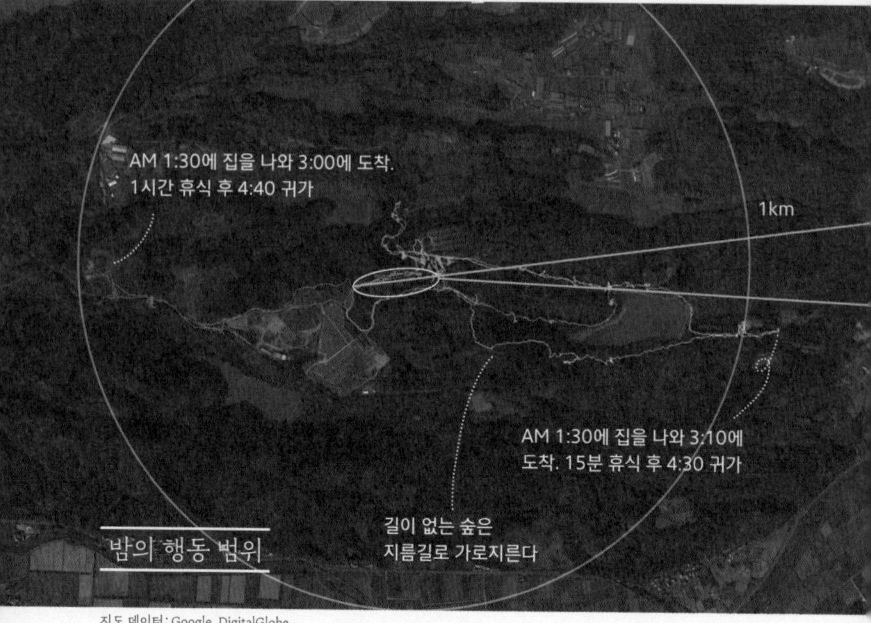

지도 데이터: Google, DigitalGlobe

위의 사진은 고양이 네 마리(각각 다른 색)의 기록을 합친 것이다. 직선거리로만 봐도 편도 1킬로미터 이상의 원정이다. 한 마리도 예외가 없다. 게다가 출발할 때와 돌아올 때 각각 다른 길로 오간 것을 알 수 있다. 나와 함께 간 적이 없는 길인 데다가, 왕복 거리로 따지면 아침 산책 코스보다 훨씬 길다.

고양이들이 따라왔다가 길을 잃을까 봐 몰래 저수지로 산책

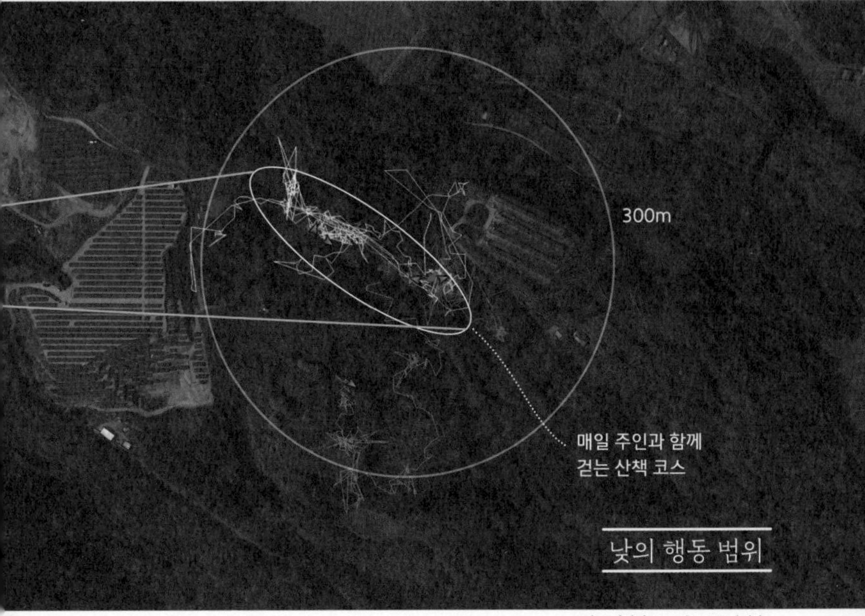

지도 데이터: Google, DigitalGlobe

을 다녔었는데. 이제까지 내가 해 온 노력은 뭘까?

놀라운 점은 또 있다. 그동안은 푸(빨간색 선) 혼자 방랑하는 줄 알았는데, 다른 아이들이 훨씬 먼 곳까지 모험을 하며 거닐고 있었다.

집이 있는 방향을 안다

히데지의 기록(노란색 선)을 보자.
히데지는 체중 6킬로그램의 덩치 큰 근육질. 굳세고 튼튼한 다리를 가지고 있다.

밤이 되면 히데지는 매일 아침 산책 코스와 정반대인 동쪽 방향으로 터벅터벅 걷는다. 망설임 없는 발걸음이다. 걸음은 시속 약 650미터.

갈림길이 나오면 잠시 고민한다. 주위는 온통 깜깜하다.
오늘은 어느 쪽으로 가 볼까? 연못을 넘어 도착한 작은 공장 지대를 탐험한 뒤 잠시 휴식한다.

지도 데이터: Google, DigitalGlobe

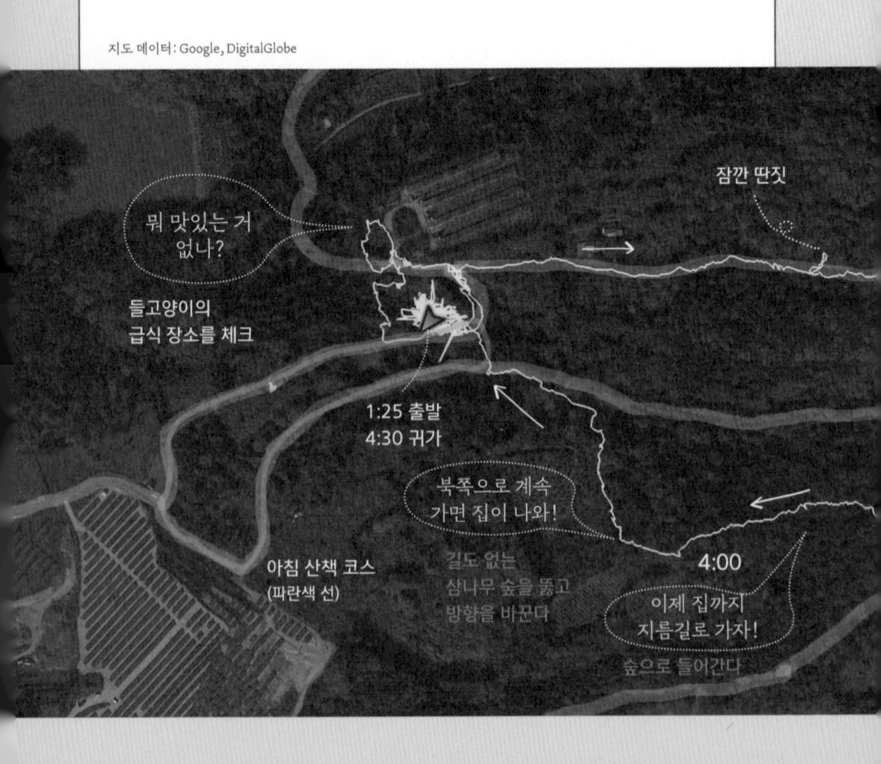

여기서 더 전진하면 묘지가 나온다.
조금 무섭기도 하고, 집을 떠난 지도 벌써 두 시간째다. 슬슬 돌아가지 않으면 아침 식사 시간에 지각한다.
그런 생각을 했는지 천천히 유턴을 한다.
이때의 시각이 오전 3시 반경.

왔던 길로 돌아가는 건 재미가 없다.
그런 마음이었을까, 집에 갈 때는 연못의 남쪽으로 돌아간다.
길 없는 숲속도 성큼성큼 가로지른다. 마치 집이 있는 방향을 훤히 아는 것 같다.
가로등도 없고 달빛도 닿지 않는 나무들 아래를 지난다.

돌아올 때 걸린 시간은 약 한 시간. 한눈팔지 않고 일직선으로 걸어왔다. 그리고 4시 30분에 이불 위에 누워 곧 있을 5시의 아침 식사를 기다린다.

hideji

불량 고양이의 비밀 외출

다음은 치의 기록(분홍색 선)을 살펴보자.

치는 활발하고 기가 센 암고양이다. 산책할 때도 걷지 않고 늘 뛰어다닐 정도로 활기가 넘친다.
치는 저녁밥을 먹은 후 아침에 다 같이 돌았던 산책 코스를 혼자 걷는다. 밤 11시가 넘으면 임시 귀가한 뒤 나와 함께 잠자리에 든다.

사람들은 모두 잠든 깊은 밤.
이불을 살금살금 빠져나와 바깥으로 향한다. 이번에는 아침 산책 코스를 지나 어릴 적 버려졌던 공원 너머까지 걷는다. 나도 가 본 적 없는 곳이다.

chea

갈림길이 나오자 일단은 남쪽으로 갔지만, 집에서 너무 멀어진 걸 깨달았는지 중간에 유턴한다. 치가 도착한 곳은 장례식장. 으스스하지만 지친 탓인지 여기서 잠시 휴식한다.
한 시간 정도 졸다가 일어나 보니 배꼽시계가 오전 4시를 알린다. 슬슬 돌아갈 시간이다!

장례식장을 뒤로하고 곧장 집으로 향한다. 아침 식사 15분 전 집에 도착해 아무 일도 없었다는 듯 이불에 파고든다.

치는 매일 밤 나와 함께 잠자리에 들었다. 그리고 아침 5시에도 아직 이불 속에서 자고 있었다. 치만은 밤 외출을 하지 않는다고 생각했다.

하지만 실은 밤마다 몰래 빠져나가 달빛 아래를 유유히 걸어 다니고 있었다.

지도 데이터: Google, DigitalGlobe

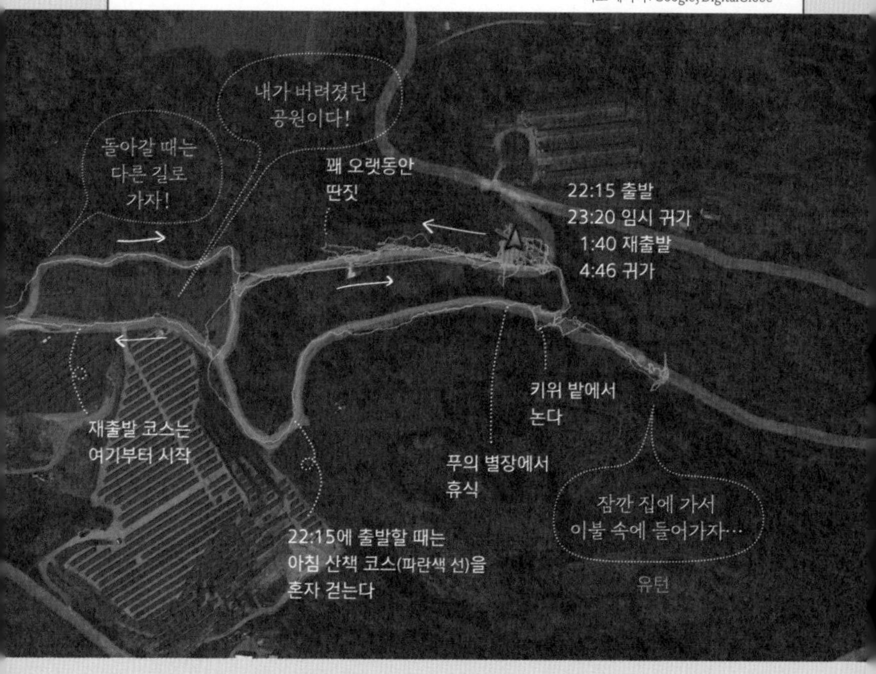

아침 식사 시간에 맞춰 돌아온다

고양이들이 오가는 범위 내에 인가라고는 우리 집을 제외하고 한 채뿐. 이정표가 될 만한 다른 건물이나 간판, 신호등 따위는 찾아볼 수 없다.
가로등 하나 없는 암흑 속에서 고양이들은 길도 나 있지 않은 숲을 일직선으로 가로질러 돌아온다.
또 하나 흥미로운 사실이 있다. 네 마리 모두 오전 4시 반부터 4시 45분 사이에 반드시 귀가한다는 것이다.

GPS 로거에 기록된 데이터를 살펴보니 수확이 있었다. 고양이들이 아침 식사 시간, 즉 오전 5시까지 돌아오기 위해 어느 지점에서 유턴을 하여 귀로에 오르는지가 또렷이 남아 있었다.
당시는 4월 말. 이 무렵 오이타현 구니사키시의 일출 시간은 오전 5시 30분 전후였다.
고양이들이 돌아오기 시작하는 시간에는 아직 깜깜하다. 그들은 대체 무엇을 기준 삼아 돌아가겠다고 결심하고, 무엇에 의지하여 왔던 길이 아닌 다른 길로 돌아오는 걸까?
참 신기한 일이다. 출발할 때는 동서남북 사방으로 흩어지면서 식사 시간은 제대로 맞춰 돌아온다.
GPS 기록이 가리키는 답은 하나다.

고양이들은 현재 자신이 있는 장소에서 집까지의 방향과 거리, 그리고 이동에 걸리는 시간을 거의 정확하게 파악하여 반

환 지점을 판단할 수 있는 것이다.
즉, 자기가 어느 방향으로 얼마나 걸어왔는지를 이해한다는 뜻이다.
물론 말도 안 되는 소리처럼 들릴 것이다. 하지만 생각해 보라. 그렇지 않고서야 고양이들이 집을 떠날 때와 돌아올 때 다른 길을 사용하고, 식사 시간에 맞춰 귀로에 오르는 이유를 설명할 수 없지 않은가.

아내가 시내 마을에 사는 할머니에게 이런 이야기를 들었다고 한다. 할머니가 돌보던 들고양이가 있었는데, 더는 먹이를 챙겨 주기 어려울 것 같아 6킬로미터 떨어진 다른 마을에 맡겼다. 그런데 며칠 후, 놀랍게도 고양이가 돌아왔다.
어쩔 수 없이 이번에는 9킬로미터 떨어진 반대 방향의 항구로 데리고 갔다. 하지만 고양이는 또다시 돌아왔다. 대체 어떻게 돌아왔을까?
이곳 구니사키는 차도 사람도 찾아보기 힘든 지역이다. 그런 땅이기에 고양이 본연의 능력이 발휘된 것일지도 모른다.

할머니는 용감하고 씩씩한 그 고양이를 앞으로는 어디에도 보내지 않고 계속 돌보기로 결심했다고 한다.

들고양이라고 해서 멀리 가진 않는다

우리 집 고양이들 모두가 밤마다 멀리 외출을 하는 건 아니다.
특히 쿠츠시타가 그렇다.
언제 기록을 확인해도 겁쟁이라는 별명에 걸맞게 집 주변을 가만가만 돌아다닐 뿐이다(오른쪽 사진 속 기록).
가끔은 한밤중에 나가 아침 산책 코스를 거닐 때도 있지만 혼자서 멀리 나가는 일은 드물다. 들고양이 출신인데도 이상하리만큼 집을 좋아한다.

한때 들고양이였기 때문에 산의 무서움을 아는 것일까. 아니면 '산은 어딜 가도 똑같다'고 생각하는 걸까.
공원에서 주워 온 사 남매의 데이터는 이미 9개월분이 쌓였다. 집 밖이 새롭고 신기해서 외출하는 시기는 이미 지났다.

쿠츠시타는 단순히 겁쟁이라서 외출을 싫어하는 것일까.

천진난만한 동생 시마시마의 기록도 쿠츠시타와 크게 다르지 않다. 항상 촐랑촐랑 돌아다니기에 멀리까지 갈 줄 알았는데 기록을 살펴보니 쿠츠시타와 마찬가지로 집 주변을 뛰어다닐 뿐이다.

엄마 에리카에게 "멀리 가면 위험하단다."라고 귀가 따갑게 잔소리라도 들었나? 아니면 어린 시절 야생에 살며 몸에 붙은 방어 본능일까?

어쩌면 출생과는 전혀 관계없는 개인차일지도 모르겠다.

지도 데이터: Google, DigitalGlobe

주택가에 사는 고양이의 행동반경은 50~100미터

영국 국영방송이 GPS와 소형 카메라로 고양이의 생태를 조사한 다큐멘터리를 방송한 적이 있다.
고양이 50마리에게 GPS를 달아 24시간 기록한 결과 수컷들의 행동반경은 집에서 100미터 이내, 암컷들은 그 절반 정도라고 영국왕립수의과대학 교수가 발표했다.
이 조사는 영국 교외의 주택가에서 이루어졌다. 당연히 오가는 사람도 있고, 도로를 질주하는 차도 있다.
대부분의 고양이들에게 낯선 인간이나 차, 오토바이는 위험요소다. 주변에 고양이가 많으면 영역도 한정된다. 그런 상황에 놓인 수컷은 반경 100미터, 암컷은 50미터를 활동할 수 있는 것이다.

고양이는 용감하게 모험한다

그렇다면 인간과 차, 다른 고양이들과 같은 위험 요소의 영향을 거의 받지 않는 우리 집 고양이들의 행동반경은 어떨까? 놀랍게도 영국왕립수의과대학 교수가 발표한 수치의 10배~15배를 기록한다. 아무런 제약도 받지 않고 산과 들을 자유롭게 누비는 녀석들은 거의 야생 동물과 같은 수준인 것이다. 아침과 저녁 식사 시간이라는 제한만 없었다면 더 멀리까지 갈 수 있을지도 모른다.

야생 동물과 다른 점은 두 가지. 먹이를 구하러 다니지 않아도 된다는 것과 중성화 수술을 했기 때문에 짝을 찾을 필요가 없다는 것 정도다.

즉, 생존과 종의 보존을 위해 이동하지 않는다는 뜻이다. 그들의 행동 범위는 순수한 자기만족과 놀이를 위한 결과이다. 이

것은 고양이의 생태를 설명할 수 있는 상당히 귀중한 데이터일지도 모른다.

대부분의 사람들은 특별한 이유 없이 고양이가 야행성이라고 믿는다. 하지만 GPS에 기록된 열두 시간의 기록은 고양이가 야행성이라는 설을 논리적으로 뒷받침한다.

GPS는 단순히 경도와 위도의 좌표뿐 아니라 방위나 표고, 취득한 좌표마다의 거리와 시간에서 산출한 이동 속도까지 임의 간격으로 기록한다.

그 기록들을 통해 고양이들이 시속 650미터의 속도로 걷는다

는 것, 1시간 30분 동안 걸은 뒤 30분에서 1시간 동안 휴식을 취하는 것, 거의 쉬지 않고도 한 시간 내내 걸을 수 있다는 것 등을 알 수 있었다.

구글의 지도 위에 좌표를 겹쳐 보면 시각적으로 알기 쉬운 이동 경로가 표시된다. 거기서 더 나아가 이동 방향과 속도를 나타내는 숫자 데이터까지 하나씩 쫓다 보면 고양이들이 깜깜한 한밤중에 뭘 하고 어떻게 노는지 선명하게 떠오른다.
어슬렁어슬렁 돌아다니고, 때로는 무언가를 발견하고 우뚝 멈춰 서고, 화들짝 놀라기도 하고, 사냥감을 쫓기 위해 달리고, 빈집과 창고를 탐험하고, 밭과 과수원과 산길을 가로지르고, 시냇가를 뛰어다니고, 커다란 연못가를 걷는다. 그러다 마음 편한 장소를 발견하면 잠깐 눈을 붙이기도 한다.

'고양이는 잠만 자는 동물'.
누구나 그렇게 생각하듯 실제로 고양이들은 볼 때마다 자고 있다. 우리 집에서도 매일 아침 식사 시간이 되면 밤새 잠만 잤다는 얼굴을 한 고양이들이 줄지어 모여든다.
하지만 고양이들의 내숭에 속지 말지어다.
그들의 목에 달린 작은 전자 기기에는 인간들이 잠든 사이 달

빛조차 닿지 않는 어둠 속을 4킬로미터나 모험하고 온 기록이 남아 있었다.

매끈한 다리, 부드러운 몸, 폭신폭신한 털, 섬세한 성격.
고양이들은 연약해 보인다. 그래서 주인은 그들을 위험과 사고로부터 지키려고 부단히 애를 쓰고, 늘 걱정한다.

하지만 사실 고양이는 듬직하고, 영리하고, 자유로운 존재다.

고양이들이 길을 잃었을 때 그들을 찾기 위한 단서. GPS 로거 구입의 목적은 원래 이것이었다. 미리 고양이들의 행동 범위를 파악해 두면 찾기 쉬울 테니까. 하지만 다행히도 산 지 2년이 지난 지금까지 원래 생각했던 용도로는 쓴 적이 없다.
도쿄에서 집고양이와 함께 살았던 때도 즐거웠다. 하지만 숲 속을 누비며 돌아다니는 고양이들과의 생활은 늘 새로운 발견으로 가득하다.

물론 나도 도시에서 살았다면 고양이에게 이런 생활을 허락하지 못했을 것이다. 하지만 우리 집은 사람 사는 마을로부터 한참을 떨어진 산속에 있다.

도시의 상식이 통하지 않는 곳. 이곳은 일종의 치외 법권 지대이다.

도시에는 도시 고양이의, 시골에는 시골 고양이의, 그리고 산에는 산 고양이의 삶이 있다. 푸른 하늘과 흰 구름이 비치는 저수지의 주변에는 놀라울 만큼 한가롭고 평화로운 시간이 흐른다.
여섯 마리의 고양이는 꽃과 풀과 낙엽의 계절뿐 아니라 눈비가 내릴 때도 밤낮을 가리지 않고 작은 문을 빠져나가 산과 들로 뛰어나간다.

그리고 나와 아내는 세상 모든 부모가 그러하듯 아이들이 무사히 집으로 돌아오기를 기도한다.

고양이는 왜 사람과 산책을 할까

알고 보니 고양이는 혼자서도 충분히 걷고 있었다. 그렇다면 왜 매일 나와 산책을 할까?

우선, 이 주변 일대를 전부 자신의 영역이라고 생각하기 때문일 것이다.
아무리 시골이라고 해도 주변에 인가가 많으면 산책은 불가능하다. 옆집 사람이나 차, 우편배달부를 만나면 고양이는 수풀로 도망치고 산책은 거기서 끝난다.

지금 내가 사는 곳은 평범한 시골이 아니다.
항공 사진이나 지도를 보면 알겠지만, 아무리 깊은 산속이라 해도 사람 사는 집들이 드문드문 있기 마련이다.

하지만 내가 사는 곳은 그렇지 않다. 인적이라고는 찾아보기 힘들다.
이곳은 아내의 아버지가 도쿄를 떠나 시코쿠로 이주해 오면서 기존의 마을과 동떨어진 이 산을 개척하여 터전을 마련한 곳이다.
당시에는 귤 농사를 짓는 농가가 몇 채 있었다고 하지만, 하나 둘씩 줄어들면서 지금은 우리 집과 다른 한 집만이 남았다.
사람과 여섯 마리의 고양이의 낙원은 이렇게 해서 생겨났다.

자, 여기서부터가 중요하다.
고양이는 기본적으로 단독 행동을 하는 동물이다. 우리 집 고양이들도 두셋씩 짝을 지어 다니는 일은 거의 없다. 그런데도 내가 산책을 할 때 따라나서는 이유가 뭘까?

고양이들은 먼 외출을 떠날 때 오감을 발동시킨다. 놀기도 하고 호기심을 충족시키는 동안에도 집으로 돌아오는 길을 잃지 않으려면 신경을 곤두세워야 한다.
하지만 주인과 함께 있을 때는 길을 잃을 염려가 없다.
안심하고 놀이에 집중할 수 있는 것이다. 이런 이유 때문에 나와 동행하는지도 모른다. 하지만 거의 매일 같은 코스를 산책하기 때문에 이제는 보호자로서의 역할도 그만큼 기대하지 않을 것이다.
어쩌면 얼굴도 잘 기억나지 않는 부모의 모습을 우리에게서 보고 있는 건 아닐까.

즐거운 시간을 공유하고 싶다.
혼자서 걷는 것도 좋지만 함께 걷는 건 더 좋다.
고양이들의 반짝이는 눈동자는 마치 그렇게 말하고 있는 것 같다.

고양이는 평소 우리의 일에 관심이 없는 듯 행동한다. 하지만 생각보다 훨씬, 많이 주인을 좋아한다.
꼭 산책이 아니더라도 사람과 함께 놀고, 자고, 어리광을 부리는 그 모슨 순간에 큰 의미를 갖는다.
같은 지붕 아래에 사는 것만으로도 행복하다. 분명 그렇게 생각할 것이다.

고양이와 산책을 한다고 하면 특별하게 들릴지도 모른다. 사실은 그렇지 않다. 넓디넓은 정원에서 고양이와 어울려 노는 것에 불과하다.

하지만 그 정원은 누구나 떠올리는 정원의 모습과 다르다. 삼나무와 소나무 숲이 있고, 넓은 하늘에 솔개와 고추잠자리가 호를 그리며 날고, 연못과 저수지가 있고, 사슴과 멧돼지가 사는 그런 곳이다.

한밤중에 몰래 빠져나가 모험을 즐기고 돌아오는 고양이들. 녀석들은 지금도 문 앞에 앉아 내가 산책하러 나가기만을 기다리고 있다.

자전거 경적을 들고 출발할 때다.
오늘도 함께 산책을 하자.

에필로그

옛날, 아주 먼 옛날.

아직 세상에 사람들이 넘쳐나지 않던 시대.

그때는 서로 부딪치지 않고, 적당한 거리를 유지한 채 평화롭게 살 수 있었다.

그 속에서 고양이 역시 제약이나 구속 없이 자유롭게 하루하루를 보냈을 것이다.

나는 계절을 잃은 떠들썩한 도시를 떠나 도원향으로 왔다. 그리고 이곳에서 고양이 여섯 마리를 만났다.

고양이들은 내게 시간 본연의 속도를 알려 주었다. 조급해하거나 서두를 필요가 없는 시간 본래의 모습을.

이곳에서는 일 년 이십사절기를 온전히 느낄 수 있다.

문득 고개를 들면 호를 그리며 나는 솔개가 보인다. 나와 아내는 함께 계절의 변화를 헤아린다.

그렇게 오늘도 산기슭에서 고양이와 함께 살아간다.

고양이에게 GPS를 달아 보았다

2020년 2월 7일 초판 1쇄 인쇄
2020년 2월 14일 초판 1쇄 발행

지은이 다카하시 노라
옮긴이 양수현

펴낸이 정상석
편집 송유선
디자인 형태와내용사이
브랜드 haru(하루)
펴낸 곳 터닝포인트(www.turningpoint.co.kr)
등록번호 제2005-000285호
주소 (03991) 서울시 마포구 동교로27길 53 지남빌딩 308호
전화 (02) 332-7646
팩스 (02) 3142-7646
ISBN 979-11-6134-062-3 03810
정가 14,800원

haru(하루)는 터닝포인트의 인문·교양·에세이 임프린트입니다.

이 책에 수록된 내용이나 사진, 일러스트 등을 출판권자의 허락 없이 복제 배포하는 행위는 저작권법에 위반됩니다.

이 도서의 국립중앙도서관 출판예정도서목록(CIP)은 서지정보유통지원시스템 홈페이지(http://seoji. nl.go.kr)와 국가자료공동목록시스템(http://www.nl.go.kr/kolisnet)에서 이용하실 수 있습니다. (CIP제어번호: CIP2019053343)